the SIX　ザ・シックス

井上夢人

集英社文庫

目次

ザ・シックス
the SIX

あした絵

最初の三日間、遙香《はるか》は目も合わせてくれなかった。

もちろん、話しかけたところで返事など返ってくる筈《はず》もない。約束の四時間が過ぎるのを、子供部屋の窓辺に腰を下ろしたまま、和真《かずま》はひたすら耐えた。覚悟してはいたものの、小学二年生の女の子からこれだけ無視されるというのもかなり堪《こた》える。なにせ四時間なのだ。

母親同士が従姉妹《いとこ》という、和真にとってはなんの意味もない理由で、遙香のベビーシッターをする羽目《はめ》になった。

「遙香ちゃん、ずっと学校休んでるんだって。イジメがあったのかどうかはよくわからないみたいだけど、まあ、登校拒否なのかな――あんた、仕事も決まらないんだし、時間があるんだから、ブラブラしてるよりはいいバイトになるんじゃない？」

もちろん皮肉だ。母は時折、和真を〈ニート君〉と呼ぶ。

遙香の母親の言葉は、さらに辛辣《しんらつ》だった。

「和真君って、やっぱり学校でイジメに遭《あ》ってたんだって？　不登校も長かったんだってね。だったら、遙香の気持ちも、他の人よりわかってくれるんじゃないかって思うんだ。違う？」

言われた和真がどんな気分になるかは、まるで気にならないらしい。

この人は、学校へ行こうとしない遙香に、どれだけのことをしてやったのだろう、と和真は思った。共働きでほとんど家を空《あ》けているとはいえ、部屋に閉じ籠《こ》もったままの娘をもてあまし、児童カウンセラーでも医者でもない二十三歳のプータローに預けて、何がどう変わると思っているんだろう。

そもそも、登校拒否だの不登校だのと言うけれど、学校には行きたくないんじゃない。行けないのだ。行くのを拒否しているのは本人じゃない。学校のほうだ。同級生や先生はもちろん、親にだって拒否されている。当然、それを言えば、そんなことないという言葉が返ってくる。思い込んでいるだけだよ、と。でも、本人にとってみれば「思い込んでる」というその言葉自体が、すでに拒否以外のなにものでもない。

遙香との沈黙の四時間は、否応《いやおう》なく、和真に自分の小学時代や中学時代を思い出させる。振り返れば、今でも、あのころの恐怖が足の裏から滲《にじ》み出してくる。

だから遙香の気持ちがわかるとは言わないけれど、それでも、なんとなく想像はつく。遙香にとっては、和真だって彼らの中の一人なのだ。和真がどんな過去を持っていようが、そんなこと、彼女にはなんの関係もない。和真が感じている息苦しさの数倍を、遙香は自分の部屋の中で感じている。

たとえば「あなたの気持ちはわかるけど、ずっと部屋に閉じ籠もってたって、何も変わらないよね?」などと言われて、その通りだと納得できるぐらいなら、最初から学校に行ってる。そんなことぐらい、自分でも厭《いや》になるほど思っている。繰り返し繰り返し、自分に言い聞かせている。でも、身体《からだ》が動かないのだ。

死にたくなるほど――ほんとにすべてを終わらせてしまいたくなるほど、自分が情けないのだ。

成り行きで、遙香の部屋に来ることにはなったけれど、和真は、自分がこの小さな女の子の力になれるとは、最初から思っていなかった。

ただ、無言で過ごす四時間を三日繰り返してみて、和真に一つだけわかったことがあった。それは、遙香にとっては、絵を描《か》くことだけが、自分の居場所になっているらしいということだった。

遙香は、ずっと絵を描いていた。

フローリングの床に腹這《はらば》いになって、画用紙に色鉛筆で絵を描く。和真が部屋にいる間ずっと、遙香はそれをやめなかった。時折、不意に立ち上がると、キッチンに降りていって罐《かん》ジュースを持ってくる。飲み物は、いつもアップルジュースだった。ジュースを持って戻ると、床にぺたりと座り、罐を開けてコクコクと飲む。そして、色鉛筆をつまみ上げ、腹這いになって、また絵の続きを描きはじめるのだ。

四時間が過ぎて母親が帰宅し、和真が部屋を出て行った後、彼女が絵を描くのをやめるのかどうか、それは知らない。たぶん、やはり描き続けているんだろう。絵を描き続けることが、遙香にとっては、自分を守るたった一つの方法なのだから。

和真の場合は、絵ではなく、それがインターネットだった。

あのころは、寝ている時間以外はずっとパソコンのディスプレイを見ていた。食事も家族とは摂《と》らなかった。用意されたものの中から、自分が食べられるものだけを部屋へ運び、パソコンの前で食べた。自分が着るものは自分で洗濯し、風呂《ふろ》も家族が寝静まってからこっそりと使った。

生身の人間とは——それが親でさえ、話すことも一緒にいることも苦痛だった。なのに、ネットの中の人々とはつきあえた。本名をあかす必要もない。他の連中だってハンドルネームでやっている。和真は、五つのハンドルを使い分け、五つのキャラクターを作り上げて、あちこちの掲示板やチャットサービスに入り浸《びた》っていた。

ネットさえあれば充分だった。

あのころ、和真は本気で、自分はサイバースペースに棲《す》んでいる生命体だと考えていた。そこ以外に、和真が息のできる場所はなかった。

だから、自分にとってネットがそうだったように、遙香は自分の描く絵の中に棲んでいるのかもしれないと、和真は思った。

ある意味で、遙香の絵は、和真にも救いを与えていた。無言の四時間を、それでも耐えることができたのは、彼女が描いている絵を横から眺《なが》めていられたからだ。

遙香の描く絵には、不思議な魅力があった。

具象とも抽象ともつかない奇妙な世界。何を描いたのか見てすぐにわかる部分もあるが、さっぱりわからないものも多い。子供の描いた絵だから、と言ってしまえばそれまでだが、意味がわからないながらも、どこかに訴えかけてくるものを感じさせるのだ。

とりわけ色づかいが素晴らしかった。使っているのは、ごく普通の十二色セットの色鉛筆でしかないのに、遙香の描く絵にはその数倍もの色が現われる。何度も何度も塗り重ねられていく色は、深みのある強烈な陰影を生み出した。

丁寧に、時間をかけて、作品が仕上げられていく。それを、和真は感心しながら見続けた。一時間も、ときには二時間以上も一つの絵を描き続けるのだ。その集中力は、とても八歳の子供のものとは思えなかった。

こんなにすごい絵が描けるのなら、厭な思いをして学校に行く必要などないじゃないかと、和真は思ってしまう。本人が行きたくない場所へむりやり追いやったところで、それが遙香に良い結果をもたらすとは思えない。現実からの逃避だろうがなんだろうが、彼女は絵が描けるのだ。クラスの同級生たちが誰も持っていないような才能を、遙香は持っているではないか。

だから、その遙香との四日目——和真は紙包みを一つ持って彼女のいる部屋を訪れた。

紙包みの中身は色鉛筆だった。ご機嫌取りをしようと思ったわけではない。遙香が今使っている〈黒〉と〈赤〉の二本が、かなり短くなっているのを知っていたからだ。それがきっかけになったのか確信はない。ただこの日から、遙香との関係が少しずつ変わりはじめた。

‡

もちろん、おみやげの色鉛筆を目の前に置かれても、遙香は何も言わなかったし、目も上げなかった。

「赤と黒、ずいぶん短くなってたから、新しいの買ってきた。よかったら使って」

遙香は、緑色の色鉛筆で画用紙に小さな円を描き込んでいた。いくつもいくつも、画用紙の全体に小さな円を散らしている。その円の群れの中に、白い魚が泳いでいた。

遙香に反応がないことは予想していたし、和真はそのまま床に腰を下ろした。遙香は左利きだったから、腹這いになっている彼女の右手斜め前に自分の位置を決めた。あまり近すぎず、でも無視していると受け取られるほどの距離は置かず、彼女の邪魔にならない程度の間合いを選んだ。身体の向きも重要だ。正面から見つめるような姿勢では、彼女に恐怖を与えてしまうように思えた。だから、遙香が寝そべっているのと同じ方向へ、和真も身体を向けた。

遙香の描いている絵を眺める。

色調は暗いが、美しい絵だった。池なのか海なのか、その水の中を白い魚たちが泳いでいる。何尾もの魚が、肩を寄せ合うようにして水面《みなも》を埋めているような絵だ。水の流れが、小さく描き込まれた大量の円の重なりに透けて見える。

「海？　池？」

つい、言葉に出た。

もちろん、遙香の答えは期待していない。だから、呟《つぶや》くような、独《ひと》り言《ごと》のような言葉になった。

「群れで泳いでるのかなあ。白い魚なんだね。きれいだなあ」

「おぼれたの」

え？　と、和真は遙香を見つめた。

遙香は、黄色の色鉛筆を魚の上で往復させていた。

空耳のようにも思えた。

小さく聞こえた遙香の声は、自分に言い聞かせているようでもあった。それが、和真が聞いた遙香の初めての声だった。

「おぼれた？」

訊《き》き返すと、遙香は小さく溜息《ためいき》のようなものを吐《つ》いた。

「溺《おぼ》れたって、そのお魚が？」

「みんな」

「…………」

遥香は、黄色をまぶした魚の上に、茶色を薄く塗り重ねはじめた。

「みんなって、なに？　その魚、みんな溺れてんの？」

遥香が、微《かす》かに頷《うなず》いた。

自分のどこかから、これまで味わったことのないような気持ちが噴き出してくる。

遥香が言葉を返してきた——。

顔は俯《うつむ》けたままだし、画用紙の上の色鉛筆も相変わらず動き続けている。しかし、彼女の気持ちは今、ほんの少しではあるけれど和真のほうへ向けられているのだ。

「なんで？　どうして魚が溺れちゃったの？」

「しらない」

人と言葉を交わすことが、これほど嬉《うれ》しいと感じたことはなかった。和真の頬《ほほ》が、自然に緩《ゆる》む。

焦《あせ》ったらダメだと自分に言い聞かせながら、それでも和真は遥香との話を続けたかった。

「溺れちゃう魚って、面白いね。高いところが怖くて飛べない鳥みたいだ」

「死んだの」

「……え？」

和真は思わず遙香を見返した。

死んだの――？

あらためて、遙香の絵に目をやった。

言われてみれば、画用紙を埋め尽くしている魚たちの姿は奇妙だった。肩を寄せ合うように群れている魚の、あるものはその身を捻《ねじ》らせ、あるものは隣の魚の尾鰭《おびれ》を口にくわえている。

あ……と、そのとき、ようやく和真は気づいた。

白い魚なのではない。魚たちは、すべて腹を上にして浮かんでいるのだ。その腹が、暗い水面に白く輝いている。

ゆっくりと息を吸い込み、画用紙の上で動き続けている遙香の手許《てもと》を眺めた。

死んで水面に浮かぶ、魚たちの絵……。

何かのメッセージなのだろうか？

和真は、遙香の絵を見つめながら考えた。彼女の心の奥底が、このような絵になって表われているのだろうか。

わからなかった。なにか意味を持たせようとすれば、すべてこじつけになってしまうようにも思える。心理学のことなど、よくわからない。

「なんで、そんなにたくさんの魚、死んじゃったんだろう」

「しらない」

遙香は、また同じ答えを繰り返した。和真はなんとなく頭を掻《か》いた。

「すごく可哀想《かわいそう》な魚たちなんだ――」

その和真の言葉を遮《さえぎ》るようにして、遙香は首を振った。

「おぼれて、死んだの。あした」

遙香を見返した。

「明日《あした》……？　なんのこと？」

「しらない」

そう言って、遙香はまた首を振り、画用紙から顔を上げた。

「………」

そのとき、和真は初めて遙香の眼《め》を見た。黒目がちの、キラキラと美しい瞳《ひとみ》をしていた。

遙香が口をきいてくれたことが嬉しくて、その時点では彼女の言葉の意味を深く考えなかった。

驚きは、その翌日にやってきた。

‡

杉森《すぎもり》遙香の家は、和真の自宅からは自転車で十五分程度の距離にあった。甲府市《こうふし》、とはいっても、西のはずれに近く、駅で言えば甲府よりも竜王駅《りゅうおうえき》のほうが近い。

入り組んだ狭い道路は、歩行者にとっても、車を運転する者にとっても、そしてもちろん自転車にとっても、あまりに通行しづらい。大通りを除けば、狭い道路には分離された歩道などほとんどなく、そのくせ交通量も人通りも多い。むろん、和真には自分の車などなかったから、遙香の家に通う手段は必然的に自転車になった。

中央道の下をくぐり抜け、国道というより抜け道と呼んだほうがぴったりの細い道――その信号を渡ると、貢川《くがわ》沿いの土手に出る。遙香の家は、この川を渡って、さらに住宅地へ潜り込んだ奥にあった。

「………」

小学校の脇《わき》の橋を渡ろうとして、和真はガードレールの手前で自転車を停《と》めた。橋の上と土手に、かなりの人集《ひとだか》りができていたからだ。橋を渡ろうとする車を避けるようにと、警官が人集りの整理をしている。見ると、何人もの人たちがカメラや携帯のレンズを川面《かわも》のほうへ向けていた。中にはビデオカメラを構えて土手の柵《さく》を乗り越えようとしている者までいる。

なんだろう、と思いながら、和真は自転車から降り、比較的人集りの少ない土手へハンドルを押して行った。

「なにか……あったんですか？」

白い鉄柵から川のほうへ身を乗り出している主婦の背中に声をかけた。見知らぬ人に話しかけるのは、いまだにドキドキする。

「ほら、もう……気持ち悪い。見てごらん。いやだねえ」

主婦は、和真など振り返りもせずに、橋のたもとのほうへ指を上げた。和真は、自転車を後ろ手に押さえながら、その指先の示す向こうへ目をやった。

橋のやや手前の川面がなにか白っぽく波打っていた。不揃《ふぞろ》いのボールかなにかが大量に浮かんで拡《ひろ》がっているようにも見える。作業着姿の男二人が、水辺に座り込んで、その白いものをクーラーボックスに移し替えていた。

「………」

次の瞬間、和真はその白いものの正体を知って、息を呑《の》み込んだ。

魚だったのだ——。

夥《おびただ》しい数の川魚が、川の澱《よど》みに、腹を上にして浮いている。橋の少し手前、向こう岸にできた草むらと浅い川底の石が、川の流れをそのあたりだけ堰《せ》き止めている。その澱みに、大量の魚の死骸《しがい》が打ち寄せられ、揺蕩《たゆた》っていたのだ。

自分の眼を疑った。

──おぼれて、死んだの。あした。

昨日《きのう》聞いたばかりの遙香の言葉が、和真の耳に甦《よみがえ》った。

死んで水面に浮かぶ魚たち……。

いや──と、和真は小さく首を振った。

「あれ、どうしたんですか」

主婦の背中に訊いてみた。

「いやだねえ。わかんないけどさ、病気だって言う人もいるし、誰かが毒でも流したんじゃねえかって言う人もいるし」

「毒……」

空気が希薄になったような気がして、和真は大きく息を吸い込んだ。

‡

部屋へ入ると、遙香はやはり絵を描いていた。ノックに応《こた》えるわけでもなく、和真に顔を上げるわけでもない。昨日言葉を交わしたのが、嘘《うそ》だったようにも思える。

和真は、昨日と同じ場所に、同じ格好で腰を下ろした。

今日《きょう》の遙香は、顔を描いていた。女の子の顔だろう。画用紙を縦にして、その全体が、正面を向いた顔の左半分で埋められている。五角形の瞳を持った大きな左眼がこちらを凝視していた。色調はむしろ明るいのだが、その眼のあたりだけが極端に暗いためか、かなり異様な印象を与える。

つい、絵の意味を考えそうになった。見てきたばかりの魚の死骸が、頭から離れない。

しばらく、和真は、絵を描き続ける遙香の手許を見つめていた。コッコツ、シュッシュ、という色鉛筆と画用紙の擦《こす》れ合う音だけが、子供部屋に響いている。

だがそれも、二十分が限界だった。

「川に魚がいっぱい浮いてたよ。みんなびっくりしてる。死んでるんだ、たくさん、魚」

遙香は絵を描き続けていた。五角形の瞳を黒く縁《ふちど》取りしている。和真の言葉は聞こえているはずだが、反応はなにもない。

「知ってる？」

重ねて訊いてみた。遙香の頭が、ほんの少し動いた。頷いたようにも見えた。

「昨日描いてた絵、おんなじだよね。もう一度見てみたいんだけど、見てもいい？」

訊くと、遙香は持っていた黒の色鉛筆を、画用紙の上にコツンと音を立てて置いた。

その鉛筆の長さを見て、和真は、それが自分のプレゼントしたものだと気づいた。

遙香は、床から起き上がって壁際の本棚へ歩き、重ねて置かれた画用紙の一枚を抜き取った。戻って来て、それを和真のほうへ差し出した。和真が受け取ると、自分はまた床に腹這いになり、黒の色鉛筆を取り上げた。

「ありがとう」

言って、和真は渡された画用紙に目を落とした。

同じだ――。

腹を見せて浮かんでいる魚。遙香の絵には、その死んだ魚が大小二十尾近くも描き込まれていた。水の流れは薄黒い緑色に澱み、小さな虹色の気泡が死んだ魚たちを取り巻いている。

決して写実的な絵ではないし、魚は角張ってゴツゴツとしている。どこか幻想的にも、夢の世界を描いたようにも見えた。

しかし、やはり、同じだった。

土手の上から見ただけだから、実物にこの絵のような迫力が感じられたわけではない。でも、あそこで魚の死骸を掬《すく》い上げていた作業服の男たちの眼には、水面がこのように見えていたのではないか。

「どうして、遙香ちゃん、これを描こうと思ったの?」

遙香は、黒の色鉛筆をケースに戻し、赤を取り出した。その赤も、和真があげたものだ。赤の色鉛筆で五角形の瞳の外側をなぞりながら、遙香は呟くように言った。

「楽になるから」

和真は、遙香を見返した。

「……楽に？」

「少しだけだけど。絵にしちゃえば、少しだけ楽になる」

言っている意味が、よくわからなかった。

手の画用紙に目を落とした。暗い水面を埋め尽くした魚の腹が輝いて見える。

「この絵のこと、遙香ちゃん、明日、魚たちが溺れて死ぬんだって言ってたよね。この絵――今日、川で死んでた魚たちのことなの？」

「しらない。どこの魚かは、しらない。見えただけだから」

「見えた……？　魚が溺れてるのを見たの？」

遙香の小さな手が、赤の色鉛筆を強く握りしめた。

「ときどき、このへんでそういうのが見える」

と、鉛筆を持っていない右手で、遙香は自分の眉間《みけん》のあたりを指さした。場所を示すように、眉間の前方で指をクルクルと回している。

「見えるって、どんなふうに？」

「怖いことなんかが、このへんに映るの」

「怖いこと……お魚が溺れてるとことか？」

「いつもじゃない。ときどき、そういうのが見えて、すごい怖い」

ああ、と和真は頷いてみせた。

「それを絵に描けば、怖くなくなって、楽になるんだ」

遙香は、こっくりと頷いた。

「全部は楽にならないけど、少し怖いのが減る」

「ときどき見えるって、どういうときに見えるの？」

遙香は、首を振った。

「わからない。急に見えたりする」

ふうん……と、和真は再び手許の画用紙に目を落とした。

どう判断すればいいものか、自分でもよくわからなかった。

ゆっくりと、首を振ってみる。画用紙の中で、遙香の描いた魚たちが、一瞬、水面に揺れたように見えた。

もちろん、これは偶然だ。たまたま遙香が〈溺れた魚〉の絵を描き、その翌日に貢川で大量の魚が死骸となって浮かんだ。絵と現実の川には、なんの関《かか》わりもない。

遙香は、たくさんの魚が溺れているのを見て怖くなった。それが嘘だとは思わない。たぶん、遙香はほんとうにそれを見たのだ。

でもそれは、遙香のイメージによるものだ。この絵を見てもわかる。彼女には絵の天分がある。豊かな想像力が、偶然、遙香に〈溺れた魚〉のイメージを見せたのだ。

世の中には、しばしばこの手の偶然が起こる。何十年も会っていない友人の思い出話をしていたときに当の友人から電話がかかってきたとか、庭に木を植える夢を見て実際に植えてみようかと庭を掘ったら大金が出てきたとか――時として、その偶然は人を驚かせたり、喜ばせたり、怖がらせたりする。

そういった類《たぐい》の偶然は、確かに不思議な気持ちにさせるし、テレビなどはそんなネタを集めて特別番組《トクバン》を組んだりもするけれど、あくまでも偶然は偶然だ。

もちろん、そうだと和真は思った。

しかし、ただ一つ、腑《ふ》に落ちないことがある。

「あのさ」と、和真は遙香のほうへ顔を上げた。

遙香は、不安そうな表情で和真を見返してきた。怖がらせないように、和真は笑顔を作ってみせた。

「遙香ちゃん、あした、って言ったよね。明日、魚たちが溺れるところを描いたんだって」

うん、と遙香が頷く。

「どうして明日なんだろ？　魚が溺れてるのを見て、なんでそれが〈あした〉だって思ったの？」

「いつもそうだから」

「いつも？」

「怖いのが見えると、いつもあしたなの」

「…………」

和真は、髪を掻き上げた。

「明日のことが、見えてるんだ」

遙香は、唇を噛《か》むようにしながら頷いた。

「……ときどき、って言ったよね。今は、なにか明日のことが見えてる？」

言いながら、和真は床の画用紙に目をやった。五角形の瞳が、和真を見つめている。

遙香は、小さく首を振った。

「見えてない」

どうやら、この絵は、明日のイメージということではないらしい。

「じゃ、さ。今度また、明日のことが見えたら、教えてくれる？」

うん、と遙香は、ゆっくり頷いた。

‡

貢川で起こった魚の大量死は、新聞などによると、どうやら新種の伝染病の発生によるものだったらしい。

　フナだけが罹《かか》る病気だそうで、仮に人間がそれを食べたとしても危険はないという報道が、繰り返しなされていた。ただ、発生が確認された貢川だけにとどまらず、その先で合流する荒川《あらかわ》や、さらには笛吹川《ふえふきがわ》、富士川《ふじがわ》にも被害が出る虞《おそれ》もあることから、山梨県に対策本部が設けられるという事態にまで発展した。

　ただ、その事件のお蔭《かげ》――という言い方は問題もありそうだが、和真にとってはそれが遙香との距離を縮めるきっかけとなったのだ。

「やあ」と言いながら、和真は遙香の部屋に入る。遙香は、相変わらず床の上に寝そべって絵を描いているが、和真が入ってくると画用紙から顔を上げるようになった。

　話しかければ、頷いたり、首を振ったり、答えてくれるようにもなった。言葉は少ないし、自分から話しかけてくることはないけれど、和真には充分だった。もう、遙香との四時間は苦痛ではなくなった。

　そして、魚の絵から十日ほど経《た》った雨の日、部屋を訪れた和真に、遙香は一枚の絵を差し出してきた。

「………」

　ギクリとしながら、和真はその絵を受け取った。

　絵に描かれていたものが、あまりにも強烈だったからだ。それは、地面に倒れている人物の絵だった。

「なに……これ？」

言いながら、和真は床に腰を下ろした。あらためて、遙香の絵を眺める。

人だ。男が俯《うつぶ》せに倒れている。明らかに寝ているのではない。薄く開かれた口許《くちもと》から流れ出しているのは血だろう。眼が大きく見開かれ、顔や肩や手も赤黒い血に染まっている。はっきりとはわからないが、頭が潰《つぶ》れているようにも見えた。

死んだ男なのだ――。

さらに男の背景が奇妙だった。どうやらトンネルのようだ。緑色に縁取られたトンネルが、男の上に覆《おお》い被《かぶ》さっている。茶色の禿山《はげやま》の麓《ふもと》に口を開けたトンネル。

和真は、その絵を手にしたまま遙香を見返した。

「これは、なに？」

遙香が目を伏せた。

「あしたの絵」

「…………」

思わず眉《まゆ》を寄せた。

「明日の、絵？」

遙香は目を伏せたままで、小さく頷いた。

「見えたら教えるって、約束したから」

あ――と、和真は絵に目を返した。

「これが……見えたの？」

うん、と遙香は小さく答えた。

黒っぽい服を着た男だ。服がボロボロに破かれているようにも見える。俯せのようだが、頭はねじ曲がって横を向いている。

絵は暗い。禿山とトンネルは明るく描かれているが、倒れた男の周囲は黒く塗り潰されている。赤黒く血で濡《ぬ》れて潰れた頭部が、妙にリアルに感じられた。

「トンネルだね。電車のトンネルなのかな」

「しらない」

「遙香ちゃんの知ってる人じゃないよね？　この人」

遙香は首を振った。

「明日、この男の人が、死ぬのかな」

「うん」と、遙香は頷いた。

「………」

和真は、大きく息を吸い込んだ。

いったい、これをどのように考えればいいのだろうか。

もちろん、前と同じような偶然が、また起こるとは思えない。

問題なのは、むしろ遙香の苦しみだった。この絵に描かれたような情景を、遙香は見たのだ。頭を潰された男のイメージ——そんなものを、どうして八歳の女の子が抱え込まなければならないのか。遙香にこんな残酷なイメージを持たせるものは、いったい、なんなのだ？　誰が、遙香の心を、こんなになるまで痛めつけたのか。

和真も——苦しみを抱えていた時代があった。

まだ学校にもなんとか通っていたころ、和真は万引きの犯人に仕立て上げられたことがある。学校の帰りに立ち寄った本屋で、クラスの悪ガキが和真の手提《てさ》げに漫画本を隠し入れた。和真はそれに気づかず、店を出たところで店員に呼び止められた。学校の先生が呼ばれ、親が呼ばれた。和真の言葉は信じてもらえず、泥棒のレッテルが貼《は》られた。それ以降、いまだに和真は書店に入れない。

ただ、そんな苦しみも、これほど恐ろしい絵を描かなければならなくなるようなものではなかった。遙香に比べたら、和真の悩みや恐怖などちっぽけなものだったのかもしれない。

そっと横を見ると、遙香はまたいつものように床に腹這いになっていた。

描いているのは花の絵のようだ。岩場なのだろうか、ゴツゴツとした場所に一本だけコスモスのような花が頭を擡《もた》げている。寂しい雰囲気を持った絵だった。ただ、死んだ男の絵に比べればかなりおとなしい。

和真は首を振った。

見続けているのが苦痛に思えて、遥香の絵を床に伏せて置いた。自分の頭の中からも、こんなイメージは追い出してしまいたかった。

しかし結果的には、追い出すどころか、和真はその絵を脳裏に焼き付けられることとなった。なぜなら、その翌日——遥香の絵が、現実になってしまったからだ。

‡

金竹《かなたけ》公園は、遥香の家から二百メートルほど離れたところにある。その公園の片隅で、年齢不詳の初老の男が死体となって発見された。遥香に男の絵を見せられた翌日のことだ。

男は浮浪者で、この公園を寝座《ねぐら》にしていたらしい。聞くところによれば、彼は周辺の住民たちからずっと嫌がられていた存在だったようだ。ここに住み着いたのは数年前からで、さほど目立ったような悪さをするわけではないが、子供たちやその母親たちからは気味悪がられていた。

何度か警官が彼を保護し、排除も試みられたようだが、しばらくするといつの間にかまた公園に戻ってくる。よほど、この金竹公園が気に入っていたらしい。

最初、和真は、このニュースを聞いても、遙香の絵とは結びつけて考えなかった。なぜなら、遙香の絵では、男は禿山に穿《うが》たれたトンネルの出口で倒れていたからだ。公園に、禿山もトンネルもあるわけがない。

ただ、その数日後、和真はさほどの考えもなく金竹公園へ足を向けた。男の殺されたのが遙香の絵を見せられた翌日だったということもあって、なんとなく気になってはいたのだ。

昼過ぎの公園は静かだった。

ゴチャゴチャと密集した住宅地にある公園にしては、中はゆったりとしている。災害時の避難場所にも指定されているところで、樹木も適度に多く、中央にある芝生の広場では、お年寄り数人がゲートボールを娯《たの》しんでいた。

木製のベンチ脇に自転車を駐《と》め、和真は公園を一巡りしてみた。

東側には人工の池が造られていて、石とコンクリートで固めた水路が遊具の脇に配されたりもしているが、池にも水路にも水は引かれていなかった。数日前の雨が、池の中央あたりに溜《た》まり水を作っているだけだ。節水のためなのかな、と和真はなんとなく思った。

公園の北側に低い築山《つきやま》があって、その周囲を一周してみた。

「…………」

築山の南側に、黄色いテープを張られた一角があった。浮浪者が殺されていた場所なのだと、すぐに想像がつく。しかし、和真を落ち着かない気持ちにさせたのは、そのテープが渡されている場所だった。

トンネル……。

いや、正確にはトンネルではない。築山の麓に、太い土管が洞穴《ほらあな》のように埋め込まれているのだ。コンクリート製の洞穴だ。その穴の入口が、まるでトンネルのように見える。さらに、土管の表面は、緑色のペンキで着色されていた——。

「こんなテープ張られてたんじゃ、気分悪いやな」

突然、後ろから声をかけられ、和真はギョッとして振り返った。

紺のジャージ姿の老人が、腰に手を当てて立っていた。ジョギングだか、散歩だかの途中らしい。老人は、和真とテープの張られた土管を見比べるようにして、ふんふん、と頷いた。

「警察の仕事だって、もう済んだなら、こんなもん剝《は》がしゃいいじゃゃね、なあ。いつまでも、残しとくようなもんじゃねえずら」

和真は、思わず眼を瞬《しばた》いた。

「あ……ここで、亡くなってたんですか?」

「そうそう」と、老人は和真に近づきながら頷いた。「頭、カチ割られてたっつうこんだ。オレが見たわけじゃねえがよ。見たくもねえけんどな」

カチ割られてた……。

記憶の中で遙香の絵が甦る。

頭を潰された男の死体。絵には、その倒れた男の背景にトンネルの出口が描かれていた。そう、しかもそのトンネルは縁を緑色に塗られていたのだ。

目を上げて、築山を眺めた。築山の表面は茶色に変色した芝で覆われている。

禿山――。

つまり、遙香の絵、そのままなのだ。

「はい、ごめん」

話にあまり乗ってこない和真をつまらなく思ったのか、老人は一声かけると築山の向こうへ歩いていった。

まただ。

フナの大量死。そして、浮浪者の殺害――遙香は、あの絵を見せてくれたとき、こう言った。

――あしたの絵。

フナが死んだのも、浮浪者が殺されたのも、遙香が絵を描いた翌日だった。

偶然……？

和真は、静かにその場を離れた。自分の自転車に戻り、その脇のベンチに腰を下ろした。広場では、お年寄りたちがゲートボールをやっている。

遙香の家へ向かわなければならない時間だが、なかなか腰が上がらなかった。

ゆっくりと、深呼吸をしてみる。どういうわけか、後頭部がやけに冷たい。握りしめる拳《こぶし》に、まるで力が入らなかった。

「偶然が、続くことだって、ある」

小さく声に出して言ってみた。

そんなことは、いくらでもある。サイコロを振ってゾロ目が続くことなど、珍しくもない。自分の誕生日と同じナンバーの車と出会って、その日のうちにまったく違う車なのにやはり同じナンバーを目撃することだってある。

フナと、浮浪者……。

和真は、また大きく息を吸い込んだ。

どう考えたらいいのか、まるでわからなくなっていた。

‡

いつもより遙香の部屋に行くのが遅くなった。どこか気後《きおく》れのようなものを感じながら、和真は遙香の部屋のドアの前に立った。コツコツと、小さくノックした。

「遙香ちゃん、入るよ」

返事がないことはわかっているが、声だけは常にかける。

ドアを開けて、あれ、と部屋の中を見渡した。床に寝そべって絵を描いている筈の、遙香の姿がなかった。

「………」

見ると、遙香はベッドで俯せになっていた。風邪《かぜ》でも引いたのかと思ったが、パジャマ姿ではなく、布団も掛けていない。

そもそも、風邪なら、母親の伝言ぐらいあるだろう。

「どうした？　遙香ちゃん」

ベッドのほうへ行こうとして、和真は足を止めた。

遙香が泣いていることに気づいたからだ。

「何かあったの？」

「もう……やだ」

遙香が泣き声を出した。和真は、慌《あわ》ててベッドに近寄った。

「……僕に話すのも、いや？」

枕《まくら》に顔を押しつけたまま、遙香は首を振った。

「もう、見たくない……みたくない」

和真は、息を吸い込んだ。

「また、見たの？」

遙香の泣き声が大きくなった。

「………」

どうしていいかわからず、和真は枕の端を握りしめている遙香の手に、そっと自分の手を重ねた。

「絵に描いたら？　描いたら楽になるんじゃない？」

遙香は頭を振る。

「描いたけど、楽にならない」

「描いたの？」

和真は後ろを振り返った。壁際の本棚に、描き終えた絵が重ねられている。立ち上がり、本棚へ歩いた。一番上の絵を手に取った。

「………」

女の子の絵だった。女の子が、空に浮かんでいる――いや、飛んでいるのだろうか。明るく青い空。しかし、奇妙なのは、稲妻が描き込まれていることだった。黄色い稲妻が青い空を斜めに切り裂いている。見方によっては、女の子がカミナリに撃たれて飛ばされているようにも見える。

画用紙の上のほうには、橋が描かれていた。青い空の上空に、黒い橋が架《か》かっている。その橋の左側には、白い矢印が画用紙の外へ向けて描き込まれていた。

和真は、その絵を持ったまま、ベッドのほうを振り返った。遙香は、枕に顔を押しつけたままだった。

「これ……あしたの絵なの？」

枕に押しつけられた遙香の頭が、何度も頷きを繰り返した。和真はまたベッドの脇へ歩いた。

「カミナリに、女の子が当たっているみたいに見えるよ。この女の子は、誰なの？」

しゃがみ込んで訊くと、遙香は首を振った。

「しらない。見えただけだから」

「この女の子、カミナリに当たって、どうなるの？」

遙香の喉《のど》が、つまったような音を立てた。ベッドから身体を起こし、和真を見つめた。

「この子を助けてあげて。死んじゃうから。助けてあげて」

「…………」

遙香の眼から、涙がこぼれ落ちた。

もう一度、絵を見つめる。なにを、どう言ったらいいのかわからない。

いきなり、遙香がベッドから降り、和真にしがみついてきた。

「………」

和真は、おそるおそる、遥香を抱きしめた。

「見たくない」と、遥香は和真の胸に顔を埋《うず》めながら言った。「もう、やだ。こんなの見たくない」

かけてやる言葉もなく、和真は遥香を抱きしめた。人を抱きしめたことが、今まで一度もなかったことに、そのとき和真は気づいた。

そう、物心ついてからは——親とでさえ、抱きしめたり抱きしめられたことなどなかったのだ。

‡

その夜、和真は、自分の机に遥香から預かってきた絵を載せた。

フナと浮浪者。

いまだにわからない。未来の出来事を見てしまう人間が存在することなど、信じられないのだ。

ただ、遥香は和真を信じてくれている。あの子がしがみついてきたとき、和真は、これまで体験したことのない感動を覚えた。自分のことを、こんなに信じてくれる人がいる。

それが、たとえ小学二年生の女の子であろうと、いままでは想像すらできなかったことなのだ。

遙香の見るものが〈あした〉なのかどうか、それはよくわからないが、彼女の苦しみは感じ取ることができる。だから、和真は、遙香の絵を持ち帰った。

——この子を助けてあげて。

絵を眺めた。もう、ずいぶん長い時間、見続けている。

どうすればいいんだろう。

描かれているのは、カミナリに撃たれて撥《は》ね飛ばされる女の子だ。あとは、黒い橋と、白い矢印。

女の子の黒っぽい服装は、制服のようにも見える。髪は短い。それだけだ。制服なら、中学生なのか、高校生なのか。しかし、調べてみると甲府市には三十の中学と二十七の高校がある。とてもじゃないが遙香の絵だけで探すなんて不可能だ。

前の貢川も金竹公園も、遙香の家からはさほど離れていなかったのだから、この周辺の学校だけに絞ればいいのかもしれないが、それでも数は多いし、さらにそこに通う学生の数となると半端じゃない。

だいたい、その女の子を見つけたとしても、どうすればいいというのか。「カミナリに撃たれないように気をつけて」なんて言っても、笑われるか、気持ち悪がられるかだ。

カミナリ……。

遙香の絵を眺める。青い空を黄色い稲妻が三本、切り裂いている。空には、雲一つない。

ふう、と息を吐き出して、和真は脇のパソコンに向かった。気象庁の情報サイトを見てみる。

甲府周辺の明日の天気をまず確認した。快晴。降水確率は0％と出ている。そう、遙香の絵でも、雲一つない青空なのだ。カミナリの情報がないかどうかを調べてみたが、警報も注意報も皆無だった。

次に、あちこちを検索し、気象マニアが集まっている掲示板を見つけ出した。しばらく掲示板を閲覧していたが、専門用語が飛び交うようなやりとりにはついていけず、手っ取り早く質問してみることにした。

〈素人《しろうと》の質問で申し訳ないのですが、一つ教えてください。明日、甲府市あたりでの落雷の可能性って、どのぐらいあるんでしょうか？　また、落雷の場所を予測することは可能なんですか？〉

元気のいい掲示板なら、反応は早い。しばらく待っていると、次々に書き込みが返ってきた。

〈甲府、てか、関東・甲信地方全体でも、明日は落雷の可能性はゼロでしょ。あるとす

りゃ、山岳地帯かな。写真でも撮《と》りたいの？　もうちょっと待てば？　あせんないでさ〉

予想してはいたが、返ってくる答えはすべて〈明日の落雷はない〉というものだった。

もう一度、遙香の絵を眺めた。

そう、この絵だって、空は真っ青なのだ。雲一つない空からカミナリが落ちてくることなど、それこそ青天《せいてん》の霹靂《へきれき》だ。予測など、まったく不可能だろう。

和真は溜息を吐いた。

——この子を助けてあげて。

また、遙香の言葉が甦る。どうやって助ければいいんだ？　わかんないよ。

絵の上を指でなぞってみた。青空の上に橋が架かっている。

うん、と和真は自分に頷いた。

‡

翌日、和真は自転車の荷台にモバイル・パソコンを載せ、朝から家を出た。虱潰《しらみつぶ》しに橋を見て回ろうと思ったのだ。考えられる手立ては、それしかなかった。

まずは、遙香の家から半径一キロ以内に範囲を定めた。むろん、根拠はなにもない。

フナの大量死が発見された貢川に架かる橋までが遙香の家からは直線距離で五百メート

ル程度、金竹公園までが二百メートルだった。だから、半径一キロを見て回れば、そのどこかに遙香が描いた橋もあるのではないか――そう思ってみただけのことだ。

ただ一つの手懸《てが》かりは、白い矢印だった。遙香の描いた橋の左側には、外向きの白い矢印が描き込まれている。意味はわからないが、橋と矢印の組み合わせを探すというのが、最初の目標だった。

まずはとにかく貢川へ向かう。

荒川との合流の手前あたりから、土手沿いの道を上流へ向かうことにした。

橋の数は思っていたよりも多い。地図上で確認しても、この近辺だけで八本の橋が貢川に架かっていた。

そして、驚いたのが、矢印の存在だった。自転車で見て回ると、橋のたもとにはけっこう白い矢印があるのだ。それは、一方通行の交通標識だった。

もちろん、厳密に言えば、その矢印は遙香の絵のものとは微妙に違う。絵では、白い矢印は左を向いて描かれている。しかし、橋のたもとで見られる一方通行の矢印は、ほとんどが上を向いているのだ。左を向いた矢印もあるが、それは指定方向外進行禁止の標識だった。つまり、矢印がカーブしている。

遙香の絵を、どこまで厳密に捉《とら》えるべきなのかは判断が難しかった。

貢川は、平常を取り戻しているように見えた。あの、フナの大量死騒ぎのときのような異常な雰囲気はもうどこにもない。覗《のぞ》いてみれば、浅い川底をなめるようにして川魚が泳ぎ回っている。

この川には、水鳥も多い。ふと自転車を停めて見ていると、カモが列を作って上流に向かって泳いでいた。

空は青く澄んでいる。予報通り、そして遙香の絵の通り、雲などどこにも見えない。

「カミナリ……？」

つい、気持ちが口をついて出た。この空のどこから、カミナリが落ちてくるというんだろう。

肩を竦《すく》め、和真はまた自転車を漕《こ》ぎ始めた。さらに上流へ向かう。もうすでに遙香の家からは一キロ以上離れている。そろそろ別ルートで引き返したほうがいいかもしれないと、自転車を脇道に入れようとして、和真の視線が前方で止まった。

「………」

向こうを電車が走っていた。あれは、中央本線だ。

橋があるのは、川だけじゃない――線路があれば、道路との交差地点が生まれる。踏切だけではなく、そこに橋が架かることも多いのだ。

自転車を停め、スタンドを立てて荷台のバッグから地図を引っ張り出した。

中央本線を指でなぞりながら橋を探す。竜王駅と甲府駅の間で線路に架かっている橋は三本だった。その三本のうち、一つは中央高速で人は通行できない。もちろん、高速道路にも路肩や路側帯があって、そこを人が歩くこともないわけではないが、可能性としてはかなり低いだろうと考えた。

地図で場所を確認し、自転車を最初のポイントに向ける。橋の名前は金竹跨線橋《こせんきょう》というらしい。県道が、中央本線を跨《また》いでいる。

ゴチャゴチャとした走りにくい道を通って高校の脇を抜けると、そこが金竹跨線橋のたもとだった。

「歩道が……ない」

つい口に出た。

右にカーブしながら、車道だけの道路が線路を越えている。高速道路と同様に、狭い路肩を歩くこともできるだろうが、やはりここの可能性も低そうだった。

最後の橋は、そこからさほど離れてはいない。金竹跨線橋から甲府のほうへ百五十メートルほどの場所に、歩道橋が架かっている。

道路を渡り、コンビニの脇の小道を入ると、線路に突き当たった。右手にその歩道橋があった。さすがに歩道橋を自転車では渡れない。自転車をそこに駐め、荷台のバッグを下ろして階段を上った。

「………」

実際に歩道橋に上がってみて、和真は首をひねった。

なんとなくしっくりこない。

危険防止のために、歩道橋の上は檻《おり》のような囲まれた空間になっていた。腰の高さまでの手摺《てす》りは鉄枠とボードで完全にガードされている。さらにその手摺りの上に頭の高さを超える金網が張られていた。

遙香の絵に描かれていた少女は、空を飛んでいるようにも見えるし、落下しているようにも見える。しかし、カミナリに撃たれたところで、この金網を越えて下の線路に落ちることなど有り得ないのではあるまいか。

いや、そもそも……と、和真は金網を透かして下の線路に目をやった。仮にここで落雷があったとしても、そのカミナリが歩道橋の上の人間を直撃するようなことがあるだろうか？

和真は頭上を見上げた。

ここには背の高いものが、あまりにもたくさんある。すぐ傍《そば》には電柱も立っているし、歩道橋の金網はすべてが金属だ。第一、線路の上には高圧線も走っている。よっぽどのことがない限り、ここにいる人間がカミナリの直撃に遭うことなど有り得ないのではないか。

ここはちがう――。

和真は、そう思った。そしてここには、どこにも矢印がない。

そのとき、和真の立っている歩道橋の下を、特急電車が通過していった。

「………」

遙香の絵が、和真の脳裏を不意に過《よぎ》った。

あの絵の少女は、空を飛んでいるように描かれていた。カミナリに撃たれて撥《は》ね飛ばされたのではなく、空を飛んでいる少女をカミナリが襲うような――。

和真は提げていたバッグからパソコンを取り出した。歩道橋の上で座り込み、スマートフォンのテザリングモードをオンにしてから検索を開始する。鉄道マニアの集まるサイトがどこかにある筈だ。

そこの掲示板に、質問を書き込む。

〈鉄道に関しては素人です。教えてください。カミナリに関係した電車というのが、あるでしょうか？　中央本線を走っている電車です。勝手なのですが、至急教えていただけると嬉しいのですが〉

イライラしながら、和真は、質問に答えてくれるアクセスがあるのを待った。八分ほど待たされた。

〈貨物ならありますよ。中央本線だとすると、高崎機関区だからブルーサンダーですね。EH200というシリーズです。青い車体の側面に黄色の稲妻のロゴが入ってます〉

ブルーサンダー……青い車体に黄色の稲妻。

和真は、思わず唾《つば》を呑み込んだ。慌てて、次の質問を書き込む。

〈ありがとうございました。勝手ついでに、もう一つ質問してもいいですか？　そのブルーサンダー、今日は、甲府・竜王間を何時ごろに通過するんでしょう？〉

次の返答は、三分ほどで返ってきた。

〈ダイヤグラムを調べました。このあとなら、今日は、甲府・新宿方面行きが十時二十分ぐらいに竜王を通過すると思いますよ〉

反射的に時計を見た。十時二十分まで、あと五分程度しかない。

和真は、手早く礼の言葉を掲示板に書き込み、急いでパソコンを閉じた。立ち上がり、金網越しに竜王の方向を見る。まだ、貨物列車は見えない。

空ではなかったのだ——と、和真は唇を噛んだ。

遙香の描いた青は、空ではなく電車の車体に塗られた色だったのだ。その青い車体に、黄色い稲妻のロゴが入っている。カミナリに撃たれるんじゃない。貨物列車に轢《ひ》かれるのだ。それを、遙香は見た——。

それにしても、と和真は金網を見上げた。

少女は、ここを上るつもりなのだろうか？　やはりそれは不自然だ。ではここではない。

どこだ？

貨物列車の通過まで、もうあまり時間がない。遥香が見たのが今日のことなら、少女はもう現われているはずなのだ。

時計を眺め、ブルーサンダーがやって来る筈《はず》の金網の向こうへ目をやった。

「………」

百五十メートルほど先に、金竹跨線橋が見えている。その橋の上で人影が動いているのを、和真は見た。車が通行しているその手前に、黒っぽい人の影がある。

あの橋は、車専用じゃなかったのか？

そしてそのときになって、跨線橋に沿わせた格好で脇に歩行者用の階段が設置されていることに、和真は気づいた。

「待て！」思わず声を上げ、和真はバッグを摑《つか》んで階段を駆け下りた。急いで、自転車に飛び乗る。バッグを荷台に載せているような余裕はなかった。

必死に自転車を漕いだ。走りにくい道を、カーブで何度かスリップしそうになりながら、金竹跨線橋に急ぐ。跨線橋の脇に、細い道が潜り込むように続いていた。さっきはこの道に気づかなかった。ようやく歩行者用の階段までたどり着くと、和真は自転車を乗り捨て、バッグもそこへ放り出して階段を駆け上がった。

跨線橋の上に出ると、ほんの五メートルほどの歩道が造られていた。歩行者が線路を跨ぐためだけに用意されたものだ。

「あ――」

制服姿の女の子が、歩道の金網の外にへばりついていた。中学生ぐらいだろうか。

「君、そこ、動かないで。じっとしてて」

声をかけると、少女は和真に気づいてブルブルと首を振った。

「こないで!」

背丈を超える高さの金網が、歩行者を危険からガードしている。しかし、見ると、金網と階段の手摺りとの間に、三十センチほどの隙間《すきま》が空いていた。彼女は、この隙間から金網の外に出たのだ。

和真は、少女を刺激しないように注意しながら、その隙間に自分の身体を潜り込ませた。

「こないで!」

また少女が叫んだ。

そのとき、和真は自分の足下に白いペンキで矢印が描かれているのを見た。おそらく、高校か中学の校外ランニングコースの進路表示なのだと想像がついた。

遥香の絵の矢印はこれだった……。

金網の外に出ると、さすがに足が竦む。足場は十センチ程度の出っ張りがあるだけだ。

真下は、もちろん線路。

「飛び降りちゃだめだ。生きてれば、絶対にいいことがあるから」

少女が泣き出した。

ゆっくりと、金網を伝いながら少女のほうへ近づく。その時、どこか遠くのほうから、カンカンと踏切の音が聞こえてきた。もう、貨物列車が来る……。

「いや！　ほっといてよ。こないでよ！」

少女が、絞り出すような声を上げる。和真は、足下に気をつけながら、彼女のほうへじりじりと進んでいった。

金網越しに、貨物列車の近づいてくるのが見える。

「大丈夫だから。そこでじっとしてるんだよ」

目の前の車道に、車が停まり、男が降りてきた。

「今、電話してますから！」

男が、和真に声をかけてきた。

足の下に貨物列車がやって来る気配を感じて、和真は思いきって少女のほうへジャンプした。少女が悲鳴を上げる。彼女の身体に覆い被さるようにして、和真は必死に金網を摑んだ。

その瞬間、真下に貨物列車が現われた。

かなりのスピードに感じる。和真の胸の下で、少女がもがくように身体を動かした。

「だいじょうぶ……大丈夫」

そう言っても、少女はもがき続ける。

貨物列車の通過には長い時間がかかる。和真には、それが永遠に続くのではないかと感じられた。必死に少女を金網に押しつける。

そのとき、少女の身体が、ずるっと下にずれた。同時に彼女の悲鳴が上がる。和真は、金網から片手を放し、少女の手首を摑んだ。と、同時に、ようやく貨物列車の最後尾が和真たちの足下を通過していくのがわかった。

その一瞬の気の緩みが、少女に伝わったのか、また彼女は足をばたつかせるようにしてもがいた。

あ——と、思ったとき、和真と少女はひとかたまりになって線路の上へ落下した。激痛と共に、和真は意識を失った。

‡

気がついたとき、和真はベッドの上にいた。

「ああ、目が覚めた、目が覚めた」

母親の声に目を上げると、背中を重い痛みが突き上げた。

病院だった。看護師が、和真の顔を覗き込み、一つ頷くと脇の点滴のチューブを点検してから病室を出て行った。

「痛い？」と、母が訊く。

頷きながら、訊いた。

「あの女の子は？」

「無事だよ。あんたがクッションになってあげたお蔭で、膝《ひざ》と手を擦《す》り剝《む》いたぐらいだって」

よかった、と思いながら、また背中の痛みに和真は顔をしかめた。

「遙香ちゃんが、お見舞いに来てくれてるんだよ」

え？と、ベッドの上で首を回した。出入口近くの壁際に、遙香が彼女の母親と一緒に立っていた。

「やあ」と声をかけると、遙香が、顔をくしゃくしゃに歪《ゆが》めながら、近づいてきた。遙香は、ベッドの脇に来ると、毛布の下から出ていた和真の手を、そっと包み込むように取り上げた。

「ごめんなさい。あたしのせいで怪我《けが》しちゃった」

和真は、笑いながら首を振ってみせた。その拍子に、ギクリと背中が痛む。

「遙香ちゃんのせいじゃないよ。でも、あの子は、遙香ちゃんに助けてもらったね」

遙香の顔が、また歪んだ。

遙香の母親が、後ろからやって来た。

「和真君、すごいね。遙香、家から出たのって、一年以上前だよ。和真君の病院に行くってきかないんだもの。和真君に来てもらって、ほんと、よかった」

「まあ、あんたにも」と、母が横から口を出してきた。「役に立つことがあるって、これでわかったね」

和真には、遙香の手が一番嬉しかった。遙香は、まるで壊れ物でも扱うようにして、和真の手を包んでくれていた。

「また、絵、描いた？」

訊くと、遙香は首を振った。

「帰ったら、描く」そして、彼女は小さな声で付け加えた。「ありがと」

背中の痛みが、そのとき、ふわりと和らいだ。

鬼の声

まるでスパイ映画みたいじゃないの。

図書館の受付で個室使用の申し込みをすませ、階段を三階へ向かいながら、畠中佳織《はたなかかおり》はつい緩《ゆる》んでしまいそうになる頰《ほほ》を引き締めた。もちろん先に東海林秋子《しょうじあきこ》が到着している可能性はなかったが、万が一鉢合わせでもした場合、この顔が笑っているように見えたりしたらいささかバツが悪い。

児童相談所へ虐待を通告するという行為が罪悪感を抱《いだ》かせることは、さほど珍しいものではなかった。罪業妄想《ざいごうもうそう》――とまではいかないまでも、自分のしていることがまるで人間として最低の振る舞いのように感じてしまう人は少なくないのだ。

今回の東海林秋子の場合もそうだった。

お会いして詳しいことを伺いたいと言ったとき、彼女は電話の向こうで息を詰まらせた。無言の東海林秋子に、佳織はまず型通りの説明を試みた。

「大丈夫ですよ。どんな結果だったとしても、東海林さんが厭《いや》な思いをするようなことにはなりませんから」

「……会わないと、だめなんでしょうか？」

「もちろん、だめってことじゃないですけどね。できればお会いして、直接お話が伺えたらって思うんですよ」

「あの……でも、卑怯《ひきょう》かもしれませんけど、あたしが告げ口したようなことが知れたら、その、これからの生活だってあるし」

「東海林さん、あのね、法律があるの。情報を下さった方のことを、ご本人の許可がいただけていないのに、他に洩《も》らしたりしちゃいけないという法律。守秘義務って言葉、どこかでお聞きになったこと、あるでしょ？　その法律を、私たちは守らなきゃいけないんです。東海林さんが通告して下さったことは、私たちは絶対誰にも言っちゃいけないって決められているんですよ。それに、卑怯だなんてとんでもないです。そんなこと思う必要ありません。東海林さんがして下さっていることは告げ口じゃない。知らせて下さったお蔭《かげ》で苦しんでいる子供が救われるかもしれないんですから。告げ口なんて思うことないです」

それでも、東海林秋子は児童相談所を訪ねるのは気が進まないと言った。建物に出入りする自分の姿を誰かに見られる可能性を考えただけで身が竦《すく》む。だからといって、児童相談所の職員が自宅を訪ねて来るなどもっての外《ほか》だった。彼女が住んでいるのは木造二階建ての古いアパート。周りから丸見えのドアは、いつだって近隣の視線に晒《さら》されている。

そして、ようやく提案を呑《の》んでくれたのが、図書館の個室で会うことだったのだ。入るときも出るときも別々なら、それを見咎《みとが》める者もいないだろう――まったくもってサスペンス映画に登場するスパイと連絡員の密会場面のようだった。

図書館の三階には、四つの個室があった。ドアに表示されている番号を確認し、部屋へ入ってテーブルにバッグを置くと、佳織はまずスマートフォンを取り出した。東海林秋子にこの部屋の番号をメールで送る。

次に、狭い部屋の中を見回し、テーブルの位置を少しだけ動かした。

窓と平行に配置されていた真四角なテーブルを、四十五度回転させて斜めに置き直す。二脚のパイプ椅子《いす》は、テーブルの角を挟むようにして並べ変えた。向かい合って座るよりも、このほうが心理的に対等な関係になって話もしやすい。向かい合えば、面接されている威圧感がどこかに生じてしまったりもするのだ。この椅子の角度なら、東海林秋子の視線は窓へ向いているが、同時に目の端には部屋の出入口も見えている。閉ざされた部屋の中といった閉塞感《へいそくかん》が、それで少しは和らいでくれるかもしれない。

テーブルに書類を拡《ひろ》げ文庫の続きを読みながら待っていると、東海林秋子は十五分ほどで現われた。

普段着に突っかけのサンダル。手には空っぽの買い物袋を提《さ》げている。誰かに見られても外出先を見破られないための扮装《ふんそう》なのだろう。ただ、かなり濃いめのメイクがその扮装とバランスを欠いていた。

初対面の簡単な挨拶《あいさつ》を終え、「わざわざ足を運んでいただいて」と椅子を勧めると、秋子は買い物袋と佳織の名刺を握りしめるようにして腰を下ろした。

「この図書館は、よく利用されるんですか？」

佳織の言葉にギクリとした様子で、秋子が目を上げた。

「いえ、よくってほどじゃ……」

佳織と目が合うと、彼女はすぐにその視線を膝《ひざ》の上に戻した。

もちろん東海林秋子には、虐待について訊《き》くために来てもらったのだが、同時に、通告者本人を観察することがこの面談の目的でもあった。

佳織の勤務している児童相談所にも、年間百件を超える虐待通告が寄せられる。学校や児童福祉施設、警察や医療関係などからの通告もあるが、最も多いのは被害を受けている児童の近隣住民や知人からのものだった。

その多くは、もちろん善意によるものだ。暴力を伴う行き過ぎた躾《しつけ》が子供に与える影響を案じて電話をしてきてくれるのだ。

ところが残念なことに、中にはそうでないものも含まれている。場合によっては、気に食わない隣人に対する厭がらせが目的などということさえあるのだ。通告のすべてを鵜呑《うの》みにはできない。先入観も禁物だった。

だから、通告内容の信憑性《しんぴょうせい》をチェックすることは、相談を受ける場合に欠かしてはならない手順だった。

もちろん、そんな手順を踏んでいる余裕などない場合だってある。寒い夜に子供が戸外に閉め出されて泣いているとか、逆に炎天下の駐車場に置かれたクルマの中に赤ちゃんが放置されていたり、受けた電話のその向こうで激しい物音と罵声《ばせい》が聞こえているといった、緊急の対応を要求している場合などは、なによりも子供の安全の確保を最優先しなきゃならない。

ただ、今回の東海林秋子の通告では、そういった緊急性があるようには感じられなかった。

「電話で言われてた叫び声は、お隣から聞こえるってことですよね？」

はい、と秋子が頷《うなず》いた。

「瀧口《たきぐち》さん、というのがお隣？」

「そうです」

「瀧口、何さん？」

秋子は首を振った。

「お付き合いがないんで、下の名前はわかんないです。ドアのところに〈瀧口〉って書いてあるのを見てるってだけですから」

「じゃあ、そのお子さんの名前も？」

秋子は、また首を振った。

「お隣っていうと、右隣? それとも左ですか?」

「ウチが二階の端なので、隣は右しかないです。ウチは二〇一号室で、隣は二〇二」

「お付き合いはされてないってことですけど、廊下で顔を合わせるとか、そういうことはあるわけですよね?」

「そうですね。ゴミを出すときとか……そんな程度ですけど」

「瀧口さんの家族構成とかは、おわかりになります? お子さんが何人とか」

秋子は、小さく首を傾《かし》げながら窓のほうへ目をやった。

「父子家庭というか……お父さんと息子さんだけだと思います」

佳織は思わず秋子を見返した。

「お父さんと息子さんだけ」

「事情は知りません。奥さんとか見たことないし、女性の声も聞こえてきたことないので」

父子家庭か……と、佳織は口の中で呟《つぶや》いた。

「ええと、いただいた電話ではあまり詳しいことがわからなかったんですけど」書類に目を落とした。「隣からよく叫び声が聞こえる——というのは具体的には、どんな声なんでしょう?」

秋子は、片手で口を押さえ、ブルブルと首を振った。

「あの、ほんとに、よくわからないので……見たわけじゃないし、声が聞こえるだけなんです。だから、虐待っていうか、そんなことかどうかも、わかんないですから」

「大丈夫」と、佳織は秋子に頷いてみせた。「いいんですよ。東海林さんがお感じになった印象を話して下さればいいんです。極端な話、調べてみてそれが虐待じゃなかったってことでも、それでいいんです。言ったことの責任を取らされるとか、そんなことは一切ないですから。気にすることありません。感じられたことを仰有《おつしや》って下さればいいんです」

「……はい」

「叫び声、というのは、どんな？」

秋子は、呼吸を整えるように、大きく息を吸い込んだ。

「ほとんど、はっきりとは聞き取れないんですけど、やめてよーっ、とか」

秋子の眼《め》を覗《のぞ》き込むようにして、佳織は少しだけ身を乗り出した。

「やめてよ……ていうことは、叫んでいるのは、息子さんなんですね？」

「だと思います」

「ええと……その息子さんっていくつぐらいでしょうね？　何年生とか、わかります？」

「中学生……だと思いますけど、学年まではわかんないです」

「あ、中学生なんだ。じゃ、もうだいぶ大きいんですね」

「身体《からだ》は小さいほうだと思います。一度か二度、学生服を着ているのを見たことがあるので小学校じゃないってわかりましたけど」

「ああ、そうか。学生服ってことは、中学は公立に通ってるんですね」

「学区的にはたぶん真昭《しんしょう》中学なんだと思います。けど、あんまり学校、行ってないんじゃないかしら。ほとんどウチにいるって感じだから」

「……不登校なんですか？」

「不登校というのか、引き籠《こ》もり？　そんな感じですよ」

「その……学校に行っていないというのは、昼の授業時間中なのに瀧口さんの息子さんをアパートの周辺でよく見かけるってことですか？」

「閉じ籠もってるみたいなんで、姿を見るってほとんどないですけど、声や物音が聞こえてたりしますから」

佳織は、なんとなく眉《まゆ》を寄せた。

これは、想像していたのと、少し違う。

「声や物音って、どういうものですか？」

「泣き声だったり、やめろーって叫んでたりとか、なにかをドンドンって叩《たた》いてたりとか」

「息子さんの声？」

「はい」

「……ええと、お父さんも、昼間はアパートに？」

「いえ、仕事に行ってると思います。勤め先とかは知りません。お父さんの声が聞こえるのは、ほとんど夜ですね」

「そのお父さんの声は、どんな？　怒鳴りつけていたりするんですか？」

「怒鳴ってる声も、よく聞きますね。いい加減にしろ！　とか、うるさい！　とか」

「………………」

佳織は、机の上に拡げた書類に目を落とした。

思わず溜息《ためいき》を吐《つ》いた。その溜息の正体は、自分でもわからなかった。

‡

市立真昭中学校一年A組の担任は吉野統《よしのおさむ》という国語の教師だった。

「瀧口克徳《かつのり》ですか……そうですね。ずっと出てこないですね」

問題の生徒の名前を、佳織はここで初めて知った。ついでに父親は瀧口靖之《やすゆき》といい、ファミリーレストランで雇われ店長をしている四十一歳の男だということも、吉野教諭から聞かされて知った。

「ずっというと、どういう登校状況ですか？」

「休みが明けてから一度も来ていないです」

担任教師は出席簿を確認するでもなく、気乗りのしない声で答えた。

「休みって、まさか夏休み？」

「そのまさかですね。家庭を訪問したことも、もちろん何度か——一学期を入れて三度ですかね。ただ、父親がいないときだと、ドアの前で呼んでも返事もなかったりという状態でね」

「原因は、なんでしょう？」

「ああ……イジメを想像しておられるんでしょうが、そういうものはありません。瀧口君は、イジメに遭《あ》うほど学校に来ていないですから」

「では、なんでしょう？　家庭内で……と言いますか、お父さんとの間に問題があるようなことは？」

吉野教諭は、耳の穴を小指でほじくりながら顔をしかめた。

「病気だろうと思うんですがね」

「病気？」

佳織は、思わず眼を瞬《しばた》いた。

「もともと、よく頭痛を訴えてました。授業中でも、突然頭を抱えて奇声を上げるようなことがあって、授業が中断したり」

「奇声……というと、どんな？」

「やめろォ、とか叫んだり、うるさいっ、と怒鳴ったり。みんなびっくりしますよ」

「やめろ――」

うんざりしたような表情で、吉野教諭は腕時計に目をやった。

「訊くと、恐ろしい声が聞こえるんだそうです。最初はふざけているのかと思いましたが、そうでもない。本人は本気で怖がっていますしね」

「うるさい、とか、やめろ、とかは、その恐ろしい声に言っているってことですか」

「のようです。病院で検査してもらうように、親御さんにも勧めたんですけどね」

「……行ったんですか？　病院は」

吉野教諭が肩を竦めた。

「行ったけど、異状はなかったと言ってましたよ」

言いながら、また腕時計に目をやり、吉野教諭は椅子から腰を浮かせた。もう終わりにしてくれということだろう。

時間を割《さ》いてもらった礼を述べ、佳織も椅子から腰を上げた。

‡

児童相談所へ戻ると、自席に着いている阿久津俊也《あくつとしや》を見つけて、佳織は声を掛けた。

「忙しい？」

「うん。忙しい」

「ちょっと話聞いて」

「なんだよ。忙しいって言ったじゃん」

佳織は、かまわず阿久津の横へ椅子を引き寄せた。

「阿久津君の考えを聞きたい」

阿久津は、佳織を見返すと両手でゴシゴシと顔を擦《こす》り上げた。

「オレの考えは、畠中さんの自己中《ジコチュー》は絶対に婚活《コンカツ》の妨《さまた》げになるってことだな」

「婚活してねえし。で、中一の男の子なんだけどね——」

佳織は、言いながら阿久津のデスクに拡げられていた書類の上へ瀧口克徳の資料を載せた。

ざっと説明を終えると、阿久津は佳織を見返して首を傾げた。

「で？」

佳織は、ニッコリと笑ってみせた。

「どう思う?」

「どうってさ、医者に診《み》せろって話でしょ」

「父親は病院に行ったって言ってる」

「可能性は二つ」

「うん」

「A、父親が嘘《うそ》をついてる。病院なんか、行ってない。B、病院へは行ったが、ちゃんとした診察はしてもらえていない」

「異状はなかったって」

うん、と阿久津が頷いた。

「異状なしの診断結果だけど、克徳君の頭痛や頭の中の声は消えてないわけだろ?」

「うん」

「それが答え。問題は解決してないわけだ。いずれにせよ、ちゃんとした病院に行って、ちゃんとした診察を受けて、ちゃんとした治療をしてもらう。てことで、いいんじゃないの?」

じゃあ、えっと……と、佳織は机の上の瀧口克徳の資料を揃《そろ》えながら阿久津を見返した。

「これから出られる?」

「はあ？」

と、阿久津が佳織を凝視する。

「この時間だと、克徳君のお父さんは、まだ勤め先のファミレスにいるだろうって思うのね。直接アパートに行って、部屋に引き籠もってる克徳君に会うってことも考えたけど、担任の先生が家庭訪問したときがそうだったみたいに、返事もしてくれなくて門前払いされちゃう可能性も大きいと思うのよ。だったら、父親のほうへ会いに行って、上手《うま》く話がついたらアパートに帰宅するときに一緒させてもらうっていうのがいいかなと思ったの」

「いや、思ったの、はいいですけどさ。どしてオレが出られるか訊かれたの？」

「だって、都合も訊かないで引っ張ってくわけにもいかないでしょ」

「もしかして、オレが同行する前提で喋《しやべ》ってる？」

「ピンポン！」

「嘘だろ。なんでオレがお供することになんのよ」

「あら、だって、虐待の疑いがある父親に会いに行くのに、女の子一人で行かせるって有り得ないでしょ」

阿久津は目の前の佳織を指差しながら「女の子？」と訊いてきた。佳織は阿久津に笑顔を返し、壁に掛けられた時計に目をやった。

「それに、そろそろ晩ご飯の時間。ファミレスに行くには、最適なタイミングなんじゃない？」

「お！　畠中さんの奢《おご》りかな？」

佳織は首を振った。

「ワリカン」

‡

阿久津はビッグサイズのハンバーグステーキを頼み、佳織はスモークサーモンを載せたトマトクリームのスパゲティにした。

ホールスタッフが胸につけている名札のお蔭で、瀧口靖之はすぐに見つけることができた。克徳の父親は、グリッとした眼が印象的な小柄な中年男だった。エラの張った顔に、髭《ひげ》の剃《そ》り跡が青い。

すぐに声を掛けるようなことはせず、佳織は食事を摂《と》りながらこの雇われ店長を観察した。店に入る前から、すでに佳織の中で虐待の疑いは薄れつつあった。そして観察を続けるうちに、その思いは一層強くなってきた。

瀧口靖之は片時も休むことなく、店の中を動き回っていた。レジに立ち、汚れた食器を片づけ、コーヒーのお代わりを注《つ》いで回り、各テーブルにシュガーの袋を補充する。

その労働量は、アルバイトの女の子たちの倍もあるように感じられた。

もちろん、親が働き者だからといって、子供を虐待しないとは言えない。子供への虐待は、あらゆる環境の中で起こり得る。佳織も阿久津も、様々な親たちが子供を虐待するケースに遭遇してきた。

ただ、瀧口克徳は父親のいない教室内でも「やめろ！」と声を上げ、周囲を驚かせる。彼の叫びは、父親からの虐待とは違う方向に向けられている可能性が大きいと思われた。克徳本人に会ってもいない今の時点では、どんな結論を引き出しても無意味だが、佳織の経験は瀧口靖之の虐待を否定し始めていた。

当然のことだが、児童相談所の仕事は虐待されている子供たちへの処遇だけではない。中学一年生の瀧口克徳が、脳内に響く声や頭痛に悩まされ、それが正常な学校生活を阻害するほどであるなら、やはりそれも佳織たちの仕事だった。

児童福祉司の仕事内容を訊かれると、あまりに広範囲で、答えるのに難儀する。敢《あ》えて簡単に言えば、十八歳に満たないすべての児童についての、あらゆる相談を受ける
――ということになるだろうか。

こういう仕事をしていれば、人の醜さや悲しさにぶち当たる。佳織などではとても解決できないケースもずいぶんある。どうすることもできずに泣きたくなったことも一度や二度ではない。

ただ、佳織はこの仕事が好きだった。たぶん、自分に向いている。よく言えばポジティブにものを考えられる性格……平たく言えば脳天気だということもあるだろう。

「お、休憩かな？」

阿久津が呟くように言って、佳織は前方へ目をやった。

レジの脇《わき》で、瀧口靖之が女性の従業員と言葉を交わしていた。ファミレスのユニフォーム姿のままだが、阿久津が言うように、瀧口の様子は彼が外出している間の引き継ぎをしているようにも見える。

阿久津と佳織は、ほとんど同時に立ち上がった。レジへ向かい勘定を済ませる。店を出たところで、自転車を引き出している瀧口に追いついた。

「瀧口さん」

佳織が声を掛けると、驚いた顔でこちらを振り返った。佳織の差し出した名刺を見つめ、さらに訝《いぶか》しげな顔で見返してきた。

「児童相談所……？」

はい、と佳織は頷いてみせる。

「お仕事中にすみません。瀧口克徳君のお父様ですよね？」

「……はい」

「克徳君がずっと学校を休んでいることについて、少しお話を伺えたらと思うのですが、ちょっとだけお時間をいただきたいんです。今、よろしいでしょうか？」

「今……ですか？」

いや……と瀧口は自転車のハンドルを摑《つか》んだまま、周囲を見渡した。

「お急ぎですか？」

「家へ帰ろうと――」

「あ、お仕事、終わられたんですか？」

「いえ、この後、まだありますが、ちょっとだけ家の様子を見に戻ろうかと」

「ああ、お宅には、克徳君が？」

「はい。いると思います」

「よろしければ、お宅までご一緒させていただけませんか？　克徳君にも会えたらって思いますし」

「ええと……その、どんなことを」

タイミングよく、脇から阿久津が口を開いた。

「お店の前で立ち話というのもナンですから、歩きながらでどうですか」

ああ……と、瀧口は自転車を押して道路へ向かい始めた。佳織がそこへ並びかけ、阿久津は自転車の後ろからついてくる格好になった。

佳織は内心、阿久津に拍手を送った。絶好のナイスフォローだ。アパートを訪ねる許可が、うやむやながらもらえたことになった。

見ると、自転車のバスケットには膨《ふく》らんだレジ袋が入っていた。ファミレスのテイクアウト用の袋だ。克徳君の夕食か、と頷きながら佳織は隣を歩く父親に目を上げた。

「学校にも行って、担任の吉野先生からもお話をお聞きしたんです」

「………」

瀧口は数メートル先の路面を見つめながら、自転車を押し続けていた。

「二学期になってからは、克徳君、一度も学校に行ってないようですけど、そのことは、お父様もご存じなんですよね」

「はい」

「克徳君が学校に行かない理由って、なんだとお考えですか?」

ふう、と瀧口は大きく息を吐き出した。そのまま、口を閉ざした。

佳織は彼の横を歩きながら、次の言葉が出てくるのを待った。その沈黙の長さが、父親も息子と同じように苦しんでいるのだということを想像させた。

日が暮れた国道を、三人は無言で歩いた。歩道の脇から商店の明かりが瀧口の表情を明滅させる。走ってきた乗用車のライトが三人の歩く姿を浮かび上がらせた瞬間、瀧口の口が開いた。

「声が、聞こえるんです」

「克徳君の耳に？」

瀧口は、また大きな息を吐き出した。

「耳というか、私らには聞こえない声ですから、あの子の頭の中で鳴ってるということでしょう」

「どんな声なんでしょう？」

「頭が割れるほどの音量――と言いますか大きな音だそうです。堪えられなくなって、やめてくれ、と叫ぶんですが、その声に私らがびっくりします」

「学校へ行きたくないほどの、音なんですね」

「学校、というよりも、外ですね。ウチから出たくない。外に出るのが怖いということです」

「外のほうが、音が余計に聞こえるってことですか？」

「そうですね」と、突然、瀧口が足を止めた。歩道脇の自動販売機で、彼はジュースとコーヒーをいくつか買い、バスケットに入れた。

歩き出すと、瀧口は言葉を繋《つな》げた。

「学校でもそうですが、外出先で声が聞こえてくると、息子は頭を抱えてその場にしゃがみ込んでしまう。そして、うるさい！　とか、やめろ！　とか大声で怒鳴ります。周囲が迷惑することは、あの子にもわかっているんですが、どうしようもないんですね。

そして、自分に注目が集まっているのに堪えられなくなる。学校へも行かないし、外出もしなくなりました」

「病院には行かれてないんですか？」

「中学に上がる前ですが、連れて行って診てもらいました。最初に診てもらったいくつかの病院ではよくわからないということで、最後に大学病院を紹介されました。そこでも結局なにもわからずじまいでした。どこも悪くないというのが病院の出してくれた答えです」

「いろんな病院に行かれたんですか？」

「私にもよくわからなかったので、最初は耳鼻科へ行ったのですが、耳の機能に悪いところはなくて」

「ああ、なるほど」

佳織が頷くと、瀧口は頭を振り、また大きく息を吐き出した。

「やれ神経科だ、やれ心療内科だ……たらい回しですよ。克徳は病院なんか行きたくないと泣くし、だから、中学へ上がってからは行っていません。行ったところで、同じことでしょう」

佳織は、軽く唇を嚙《か》んだ。

「克徳君は、一人っ子ですよね？」

「そうです」

「失礼かもしれませんけど、お母さんは？」

「あの子を産んだときに亡くなりました」

「あ……そうだったんですか。すみません」

瀧口は、小さく首を振りチラリと視線を寄越《よこ》した。

「病院の先生に訊かれたことがありますよ。自分の誕生について、克徳が思いつめているようなことはないかとね」

「思いつめて？」

「同じような境遇で育った中には、自分が母親を殺して生まれてきたように思い込んでいる子供もいるのだそうです」

「ああ……実際にはどうなんですか？　お父さんからご覧になって」

「ないと思いますよ。そもそも、母親を知りませんしね。逆に、あの子から訊かれたことはあります。お母さんも、声が聞こえたりしてたの？　って」

「……お母さんも？」

「ここです」

いきなり言われ、佳織は瀧口の視線の先へ目を上げた。

いささか煤《すす》けた印象の木造アパートだった。両側をマンションに挟まれ、そこだけが暗く沈んだように見える。

瀧口は、低いブロック塀を迂回《うかい》し、外階段の裏側に自転車を駐《と》めた。ファミレスの袋をバスケットから取り出し、佳織や阿久津の先に立って階段を上る。外廊下の二番目のドアに〈瀧口〉という札が掛けられていた。

つまり……と、佳織は通り過ぎた部屋のドアに目をやった。こちらが東海林秋子の部屋ということだ。窓には明かりが見える。瀧口の部屋の明かりもついていたが、父親はポケットから鍵《かぎ》を取り出した。

鍵を回しドアを開けると、瀧口は佳織たちに「どうぞ」と声を掛け、部屋へ上がった。

「お邪魔します」

言いながら、佳織は玄関から部屋の奥へ目をやった。

「………」

テレビの前に座り込んでいる男の子の背中が見えた。その肩の向こうに見えている画面は、どうやらテレビゲームだ。瀧口克徳は大きなヘッドホンを頭に被《かぶ》り、テレビの画面に向かってコントローラーを操作していた。

「狭くて汚い部屋ですが、どうぞ」

言いながら、瀧口はテーブルの上にファミレスの袋を載せ、奥の椅子へ手を差し伸べた。佳織と阿久津が靴を脱いでいるのを確認するように一瞥《いちべつ》すると、瀧口はテレビのほうへ歩き、息子の頭をポンポンと軽く叩いた。

顔を上げた克徳に、瀧口はヘッドホンを外すように合図した。ゲームを一時停止《ポーズ》して克徳は言われた通りヘッドホンを頭から取り去った。

「お客さんだ」

克徳は何かに打たれたように一瞬背筋を伸ばし、テーブルに着いている佳織たちのほうへ顔を向けてきた。

「…………」

怯《おび》えたような眼で、克徳は佳織と阿久津を見比べた。せいぜい小学四、五年の幼い顔立ちだった。青白くて、小さな顔。

こんばんは、と佳織や阿久津に声を掛けられて、克徳は助けを求めるように父親を見上げる。この時点で、克徳が父親から虐待を受けているという疑いは、完全に払拭《ふっしょく》された。虐待されている子供が、このような眼で親を見ることはない。

「ごめんね」と佳織は克徳に笑いかけた。「突然訪ねてきちゃって、びっくりするよねえ。私たちは、児童相談所から来たの。克徳君に会いたかったから、お父さんにお願いして連れてきてもらっちゃった」

「…………」

恐怖で全身が強張《こわば》ったようになっている克徳に、父親が声を掛けた。

「メシ、食え。父ちゃんはまた仕事に行かなきゃいけないから」

言いながら、瀧口はファミレスの袋から中身を取り出した。袋はファミレスのものだが、入っていたのは四角いタッパー容器が三つだった。あとは先ほど帰り道で購入したコーヒーとジュースの罐《かん》。取り出された容器を見て、佳織はこれが克徳のいつもの食事なのだと納得した。

「愛想なしですいません。よければ」

言いながら瀧口は佳織と阿久津の前にコーヒーの罐を置いた。驚いて佳織は瀧口と罐を見比べた。

「あ、いえいえ、どうぞお構いなさらないで下さい」

瀧口は首を振り、タッパーを流しの横へ運ぶ。

「チンしとくか？」

振り返って訊く父親に、克徳が首を振った。

「あとで……食べる」

「そうか。ちゃんとサラダも食うんだぞ。ゲームにへばりついてないで、こっちに来て座れ。せっかく来てくれたお客さんに失礼だろう。お前のことを心配して来てくれたんだ」

「………」

克徳はテレビとゲーム機の電源を切り、おどおどした表情でテーブルのほうへやって来た。

「克徳君——って呼んでいい？」

訊くと、克徳は椅子に腰を下ろしながら小さく頷いた。

「市役所の並びに児童相談所ってあるの、知ってる？　そこで仕事してるんだ。私は畠中佳織。このオジサンは阿久津俊也」

「オニイサンね」と横から阿久津が口を挟んだ。克徳は、テーブルの上をじっと見つめている。瀧口が克徳の横へ腰掛け、罐コーヒーを開けて一口飲んだ。

「声が聞こえるんだって？」

単刀直入に訊いた。克徳の返事はなかった。

「教えて。どういう声？　知ってる人の声なの？」

克徳は小さく首を振る。

「知らない人の声なんだ。男の人の声なのかな。女の人の声？」

「………………」

克徳が小さな声を出した。聞き取れなくて、佳織は少しだけ身を乗り出した。

「なに？」

「……いろいろ」

「いろいろ？　一人の声じゃないんだ」

うん、と言うように、克徳はまた小さく頷く。

「何を言ってる声なの？」

「聞けるときと、聞けないときとある」

「言ってることが聞き取れるときとそうじゃないときがあるのね？　聞き取れるときは、どんなことを言ってるの？」

「……いろいろ」

「そっか。いつもおんなじことを言ってるんじゃないんだね。どういうときに、聞こえるの？　その声って」

「いつも」

佳織は、克徳を見つめた。彼は、テーブルの表面からなかなか視線を上げてくれなかった。

「いつも……え？　今も、ってこと？」

克徳が頷く。

「今も……聞こえてるんだ。なにを言ってる？」

克徳は首を振った。

「わからない。いっぱい、いろんな人が喋ってるから」

「……一人の声じゃないの？　たくさんの人がいっぺんに話してるわけ？」

克徳が顔を上げてきた。彼の瞳《ひとみ》が茶色だということに、佳織は初めて気づいた。

「朝礼が始まる前みたいな感じ」

「朝礼……ザワザワしてるみたいなってこと？」

「うん」

「そんなにいっぱい、いろんな声が聞こえてるんだ。いつも、そんなふうにザワザワしてる感じなの？」

「ときどき、中の誰かが近寄って来て、傍《そば》で大声で怒鳴ったりする」

「今は、傍には寄って来てない？」

うん、と克徳が頷いた。

「傍に来たときは、どんなことを怒鳴るの？」

「いろんなこと」

隣の阿久津が、鼻を鳴らすような音を立てた。

「たとえばさ」と、阿久津はテーブルに両肘《りょうひじ》を載せ、克徳のほうを覗き込む。「最近、傍で怒鳴られたのはいつ？」

克徳はまたテーブルに視線を落とした。

「今日《きょう》」

「昼間?」

「そう」

「なにを怒鳴ってた? 聞き取れた?」

克徳が顔をしかめた。

「……消してみろって」

阿久津が顔をしかめた。

「何を消せって?」

「わかんない。早く消せ。ばかやろう。もたもたしてんじゃねえ。隣も燃えるぞ。いいところ見せてやるんじゃないのか。誰か燃えてるぞ。黒焦げだ。死ぬぞ……って」

「…………」

なんとなく、佳織と阿久津は顔を見合わせた。

「それ……」佳織が訊いた。「誰の声なんだろう?」

克徳は首を振る。

「わかんない。怖い声。ここで——」と、両耳を押さえる。「ここで怒鳴るんだ。うるさいって言っても黙ってくれない。しょっちゅう怒鳴ってる。今日だけじゃない。先週も怒鳴ってたし、その前の週も」

「その声ってさ、克徳君に命令してるの? 早く消せって」

「知らない。すごく怖い声」

「誰なんだろうね。どうしてそんなこと、言うんだろう」

「鬼がいるんだ」

え？　と佳織は克徳を凝視した。

「オニ？」

「僕の中に、いっぱい鬼が棲《す》んでる。そいつらが悪いことをする」

「…………」

ふう、と瀧口が息を吐き出した。

「世の中の悪事が、自分の中に棲んでる鬼の所為《せい》だと、この子は思っているんですよ。いろんな悪いことが起こる。それを、聞こえる声に結びつけてしまうんです。声を聞いたすぐ後で人殺しがあったりすると、自分が鬼の声を聞いたりしたからだって思い込んでしまう」

「思い込んでんじゃない！」いきなり、克徳が声を上げた。「ほんとだから言ってんじゃないか。嘘じゃないのに！」

「…………」

一瞬、佳織は言葉を失った。

‡

翌日、書類の整理をしているところへ阿久津がやって来た。

「畠中さん、新聞、読んだ?」

「新聞? なに?」

「火事のニュース」

「……火事?」

佳織は、ボールペンを持ったまま、阿久津を見上げた。

「ええと、ちょっといい?」

言いながら、阿久津はデスクに載っている佳織のパソコンに手を伸ばした。ニュースのサイトを開き、検索して表示された画面を示して「これ」と佳織を見返した。

「なんなの……?」

記事は、昨夜起こった不審火のニュースだった。

「なにか、引っかからない?」

「なに言ってんの」

「鬼だよ、鬼」

「………」

佳織は、眉を寄せ、阿久津を凝視した。

「火事があったのは、真昭町の住宅。すぐ近くだ。ほぼ全焼して、七十代の男性一人が病院に搬送され、死亡が確認されたとある」

「なにが言いたいの、阿久津君」

「放火の疑いもあるとして、警察と消防が出火原因を調べている。な？」

「な、じゃないわ。なんなのよ」

「克徳君が聞いた声の内容と、リンクしてないか？」

空《あ》いていた隣の椅子を引き寄せ、阿久津はそこへ腰を下ろした。

「嘘でしょう？　真面目《まじめ》に言ってんの？」

「いたって真面目。克徳君の言った言葉、覚えてる？」

「もちろん覚えてるよ。でも、なにがリンクなのよ」

「誰か燃えてるぞ。黒焦げだ。死ぬぞ」

佳織は顔をしかめた。

「やめてよ。面白がるようなことじゃないでしょう」

「別に、面白がってないよ。ただ、この符合はなんだろうと思ってさ」

「符合……」

「克徳君が鬼の声を聞いたのは昨日《きのう》の昼間。火事は、夜の十時ごろに起こった。オレたちが瀧口家から引き揚げた二時間ほど後だ。親父《おやじ》さんは言った。克徳君は、世の中の悪事が自分の中の鬼の所為だと思い込んでいる」

「だからなんなの。どうかしちゃったんじゃないの、阿久津君」

いやいや、と阿久津は首を振った。

「なんとなく思い当たることがあって調べてみたんだけどさ、畠中さんも記憶ないかな、このところ、このあたりで不審火が頻発《ひんぱつ》しているんだよね」

「………」

「ちょうど一週間前、そして、さらにその一週間前にも火事が起こってる。三件とも、放火の疑いが持たれているんだ。克徳君が言ったこと、覚えてるだろ? 消してみろって声が聞こえたのは昨日だけじゃない。先週も、その前の週もなんだ」

「鬼が、放火したって言いたいわけ?」

阿久津が頷いた。

「そう思わないか」

佳織は首を振った。

「思わないわよ。なに考えてるの。克徳君は、真剣に悩んでるのよ。声が聞こえ始めたのは二週間前からじゃない。小学校のときから、ずっとその声に苦しめられてきてるんだから。もっと、真面目に考えてあげなきゃ」

「真面目に考えてるって。あのさ、逆に訊きたいけど、畠中さんは克徳君が聞いている鬼の声には意味がないと思ってんの？」

「意味がないなんて思ってないよ。どうして鬼の声が聞こえるのか、その意味を探ろうとしてるんじゃないの。意味を探るっていうのは、実際に鬼が放火したなんて考えることじゃないわ」

「もっと素直になろうよ。探る必要があるのは、克徳君が言った言葉そのものだろ？　手懸《てが》かりは、そこにしかないんだからさ。どうして、克徳君がオレたちに鬼の声の話をしたのか、それを考えなきゃ」

「……言ってる意味がよくわかんない」

「考える方向としては二つある。もっとあるのかもしれないが、今のところオレの思いついた方向は二つ」

「なにとなに？」

「A、今から数時間後に放火が行なわれることを、鬼が克徳君に予告した」

佳織は溜息を吐き出した。

「Bは？」

「B、その予告を現実のものにするために、克徳君が自分で火をつけた」

「…………」

佳織は眼を見開いた。「なにを……言ってんの?」

「克徳君は自分で言っていた。《僕の中にいっぱい鬼が棲んでる。そいつらが悪いことをする》——彼の中に鬼が棲んでいるのは本当のことだと考えてみたんだ。鬼は、克徳君に二週間前も先週も放火が行なわれることを大声で告げた。実行時に彼に意識があるのかどうかはわからない。ことによれば、ある種、夢遊病状態のような感じで行なわれるのかもしれない。ただ、克徳君は、それを鬼がやっていることだと思い込んでいる」

佳織が見つめると、阿久津はひょいと眉を上げた。

‡

瀧口克徳にちゃんとした治療を受けさせることが急務だと、佳織は考えた。

阿久津の立てた仮説はあまりにも極端だと思えたが、ただ闇雲《やみくも》に否定してしまうわけにもいかなかった。

一連の放火事件に克徳が関《かか》わっているというなら、その否定も肯定も、警察が行なうような捜査によって証拠集めをしなくてはならないだろう。もちろん、佳織のような児童福祉司には、そんな権限もノウハウもなかった。そもそも、守ってやらなければならない児童を、根拠のない薄弱な推理だけで罪人扱いするなど、本末転倒というものだ。だとすれば、克徳にはきちんとした検査や診断を経て精神科のカウンセリングを受けさせるような処遇が必要だろう。克徳の中に、阿久津が言うような《鬼》が存在しているのかどうかも、その診断の中で明らかにされるかもしれない。

ただもちろん、克徳本人は病院へ行くことを厭がった。

「だけどさ」と、佳織は克徳に笑いかけた。「もちろん、外に出るのは怖いだろうなって思うよ。でも、これから一生、鬼の声を聞かなきゃならないって、もっと厭なことじゃないかなって思ったんだ」

「病院は前も行ったけど、声は聞こえなくならなかった」

「それは、途中でやめちゃったからじゃないかな。ちゃんと治してもらう前に、行くのをやめちゃったから」

「僕、病気なの？」

「わからない」と佳織は頭を振った。「私はお医者さんじゃないからね。でも、私にもわかるのは、声が聞こえなくなるようにするのは、一日や二日じゃだめだろうなってことね。辛《つら》いだろうし、怖いだろうし、厭だろうけど、でもそれで声とさよならできるんだったら、時間がかかったとしても、そのほうがいいんじゃないかって思うのよ。違う？」

「うん……でも」

「ずっとは無理かもしれないけど、病院にはなるべく私か阿久津さんが一緒に行けるようにする。クルマで病院まで行って、クルマで帰って来られれば、そのほうがいいよね。途中で声が聞こえてきても、電車に乗ってる時とかより、ずっとマシでしょ？」

病院への付き添いをこの先ずっと続けるのは、もちろん不可能だ。ただ、少なくとも最初の何回かは同行する必要があるだろうと佳織は思った。その何回かのうちに有効な治療方法が見つかり、改善への道が拓《ひら》かれたなら、あとは父親との相談で方策を練ることもできるだろう。

市民総合医療センターの児童精神科医増永和絵《ますながかずえ》と連絡を取り、あらかじめ瀧口克徳についての資料を送った上で、本人を病院へ連れて行くことになった。「できればお父さんの問診も」という増永医師の言葉に従って、ファミレスの勤務時間を調整してもらい、初診だけは瀧口父子《おやこ》二人に受けさせた。

「親父が一緒のときはいいけどさ」と阿久津が言った。「病院へ行くときは、畠中さん一人というのは避けたほうがいい。時間の都合を合わせようぜ。オレのクルマで連れて行ってもいいし」

もちろんその申し出は、瀧口克徳の中に《鬼》が棲んでいる可能性を阿久津が想定しているからだった。

「ねえ。狼男《おおかみおとこ》みたいに克徳君が突然変身でもするって言うの？」

笑いながら訊くと、阿久津は照れたように頭を掻《か》いた。

「そんなことにはならんでしょうね。念のためってことですよ。畠中さんの外見は桃太郎に近いし、鬼退治を任せても大丈夫な感じだけどさ」

ローファーの先で蹴《け》りを入れると、阿久津は大袈裟《おおげさ》に痛がってみせた。

‡

二度目の病院は阿久津の運転になった。

アパートを訪ね、克徳と顔を合わせることになって一週間が経《た》っていた。この一週間で克徳とは三度会っていたが、父親抜きで彼と会うのは、これが初めてだった。

病院へ行くようになって、克徳が外出を嫌う理由が理解できた。外で克徳はiPod《アイポッド》を携帯し、耳全体を覆《おお》う巨大なヘッドホンを被っている。それは《鬼の声》を聞きたくないからだった。腕や肩を軽く叩けば、克徳はヘッドホンを頭から外《はず》す。

「それだと、声、聞こえなくなるの？」

克徳は首を振った。

「傍に来た声は消せない」

「ザワザワしてる声たちは消せるんだ」

「消えないけど、あまり気にならなくできる」

ただそれが——鬼が傍に寄ってきたときの克徳の反応は、佳織の想像を超えていた。

「やめろーっ！」

突然、克徳が金切り声を上げた。その声に驚き、阿久津がブレーキを踏んだ。道路が空《す》いていなかったら、事故を起こしていたかもしれない。

「だまれ！　うるさいっ！」

克徳はヘッドホンを頭から取り去り、両方の耳を力一杯押さえつけていた。瘧《おこり》がついたように全身を激しく震わせ、涎《よだれ》を垂らしながら叫んでいる。

「やめてよーっ！」

阿久津はクルマを路肩へ寄せて停車し、後部座席を振り返った。必死で佳織は克徳の背中をさする。

「克徳君！　大丈夫？　克徳君！」

なんと、十分以上も克徳は叫び続けた。

誰かが通報したのか、制服の警官が歩道側のウインドウを叩き、阿久津がクルマから降りて事情を説明しなければならなかった。

ようやく痙攣《けいれん》が治まると、克徳は脱力状態でシートの背に凭《もた》れかかった。その頬が涙でグショグショに濡《ぬ》れていた。佳織は、克徳を抱きしめた。克徳が大声で泣き出し、佳織にしがみついてきた。

佳織は気がつかなかったが、そのときの様子を阿久津はスマートフォンで動画撮影していた。五分ほどの記録映像を提示すると、増永医師は参考のためにと、そのファイルを彼女のアドレスへメールするように言ってきた。

その日の診察の最後に、克徳には向精神薬が処方された。訊くと、増永医師は佳織に首を振った。

「様子を見たいと思います。この薬が克徳君に効果があるかどうかは、まだわかりません。そんなに強い薬じゃありませんしね。ただ、次のときまでは忘れずに飲み続けてほしいの」

そして、病院からの帰路で、鬼は再び克徳の傍にやって来た。

「やだーっ！　うるさいっ！　もう来るな！　やめろーっ！」

路肩にクルマを停《と》め、克徳が落ち着くのを待つ。涙を拭《ふ》いてあげながら、佳織は克徳の顔を覗き込んだ。

「大丈夫？」

克徳は首を振った。

「まだ言ってる」

「なんて言ってるの？　話したら少し楽になるかもしれないよ」

「……真っ赤だって」

「真っ赤？」

「ぜんぶ赤く塗ってやる。真っ赤だ、真っ赤。真っ赤になって死んじまえ。黒焦げになって死ねって」

あ、と運転席で阿久津が声を上げた。

「克徳君、それ……その声、前にも聞いた鬼の声？」

うん、と克徳が頷く。

「その鬼が、どこにいるのかって、そういうことはわからない？　どこが真っ赤になってるのか、とかさ」

「どこが……？」克徳はブルブルと首を振った。「だって声だけだもん。見えないからどことかわからない」

阿久津君……と言いかけた佳織を、彼は手を上げて制した。

「何か、他に言ってないかな——あのさ、鬼の声が怖いのはわかるし、そんなもの聞きたくないって気持ちもよくわかる。でも、耳を塞《ふさ》いだって、黙れって怒鳴ったって、声、消えないんだろ？」

「うん……」

「だったらさ、こうしてみたら、どうかな。厭なのを我慢して、声をよく聞いてみるんだ」

「…………」

「鬼が、何を言っているのか、厭がるだけじゃなくて、聞いてみるんだ。ずっとずっと逃げ続けるなんて、悔しいじゃないか。もちろん、鬼はデカイしさ、怖いしさ、向かい合うなんてとんでもないよな。でも、だったら、ずっと逃げてるだけになっちゃうぜ。勇気を出して、鬼と向かい合って、何を言ってるのか、聞いてみたらどうだろう?」

「………」

克徳が眼を伏せた。その眼を閉じ、眉根を寄せて頭を抱えた。叫び出したいのを、必死で堪《こら》えている。それを見ているだけで、佳織は泣きたくなってきた。

「無理だバカヤロ……って」

「無理?」

「でかいクルマじゃ入れないさ、ざまあみろ」

「入れない……細い路地、かな」

「水に映った真っ赤がきれいだ。ほら、ぜんぶ真っ赤にしてやる。ホースこっちからとれよ、バカ。黒焦げだ……」

佳織は息苦しいような気持ちで、克徳を見つめていた。頭を両手で押さえ、ポロポロと涙をこぼしながら、彼は鬼の言葉を復唱している。

「水があるんだ」と阿久津が呟いた。「川か? 海? どこだ、それ」

「逃げろ、お前ら」と、克徳が喉《のど》から声を絞り出す。「燃えちまうぞ、ヤキガメにしちまうぞ、ほら。食ったら旨《うま》いか？　真っ赤な甲羅《こうら》、皿にしてやろうか」

不意に、佳織は阿久津のほうへ顔を上げた。それに気づいた阿久津が、何、と訊き返す。

「市民公園かも」

言うと、阿久津が首を傾げた。

「市民公園に、池があるじゃない。あの池、亀がいっぱいいるのよ」

「あ……亀か」

「公園の周り、細い路地だらけで小型車ぐらいしか進入できないでしょ」

「そうだ！」

声を上げ、阿久津はエンジンをスタートさせた。

夕暮れが近づき、道路はすでに混雑が始まっていた。いくつもの信号で二回待ち三回待ちを繰り返させられ、市民公園脇の駐車スペースにクルマを乗り入れたときは、ほとんど陽《ひ》が落ちていた。

三人でクルマから降り、水銀灯に暗く照らされた公園の入口へ向かった。

池の周りの石畳を歩きながら、佳織は薄暗い公園の中を見渡した。クルマでの来園が難しいということもあって、この公園は近隣の住民にしか利用されていなかった。この時間になれば、ほとんど人もいない。

「水に映った真っ赤がきれいだっていうのは、もっと暗くなってからだよね。先週の放火だってもっと遅い時間だったでしょう?」

言うと、ふむ、と阿久津が頷いた。

「十時ぐらいだったな」

「だとしたら、まだまだ先になる。そんな遅くまで克徳君を引っ張り回すわけにはいかない。そろそろ帰ったほうがいい」

びっくりするようなことを克徳が口にしたのはそのときだった。

「帰りたくないよ、僕」

佳織も阿久津も、え?　と克徳を見返した。

「帰りたくない?」

覗き込んだ佳織に、克徳は頷いてみせた。

「逃げるの厭だから。阿久津さんが言ったみたいに、鬼と向かい合ってみる」

「…………」

なんだか、泣きたくなるような言葉だった。

——逃げるの厭だから。

佳織は迷った。

普通に考えれば、こんな時間まで児童を連れ出しているのは非常識だ。しかも、ここにいるのは児童相談所の職員二人なのだ。病院での診察が終わったのだから、速《すみ》やかに自宅へ送り届けるべきだろう。

ただ、佳織は迷っていた。今、克徳は闘おうとしている。自分を苦しめてきた《鬼》と真正面から向き合おうとしているのだ。

迷った末、佳織は決断した。スマートフォンを取り出し、瀧口靖之に電話を掛けた。克徳君の帰宅が少し遅れると報告する佳織に、瀧口は不安気な声を上げた。

「病院で……何かあったんでしょうか？」

「そうじゃないんです。ご心配はいりません。もしかすれば、とても良いご報告ができるかもしれません。帰宅する際に、またご連絡しますので」

もちろん、これでなにもかもが好転するというわけではない。克徳の闘いは始まったばかりだからだ。しかし、闘おうという意志を持ったことが、克徳にとって大きな一歩であることだけは確かだった。

長い時間を、過ごすことになった。阿久津のクルマの中で、近所で仕入れてきた菓子パンを齧《かじ》りながら、佳織たちは身を潜めていた。

正直に言えば、佳織にしてみれば何ごとも起こらなくてもよかった。起こらないでほしいとさえ思った。一番大切なのは、克徳が自分の意志でここにいるということだったからだ。

夜が九時を回ったころ、突然、克徳が頭を押さえて呻《うめ》き声を上げた。

「……近づいてきた」

と、彼は短い髪をむしるように摑みながら言った。

どこ？ と首を伸ばす阿久津に、佳織はフロントガラスの向こうへ指を上げた。

「……………」

公園と狭い路地を挟んだ向かい側のビル蔭に、二階建ての民家が建っている。その家の前に立っている男がいた。

うう……と、克徳が声を上げる。自分で口を押さえ、声が洩れないようにしているのがわかった。佳織は克徳の肩を抱きしめた。

「あの野郎――」

阿久津が呟くように言って、音を殺しながらクルマのドアを開けた。見ると、前方でチラチラと小さな光が揺らめいている。遠いのと暗いのとでよく見えないが、どうやら男が棒状に丸めた紙に火をつけているようだった。

「畠中さん、警察に」

言いながら、阿久津はクルマから降りた。

「行くの？ 嘘でしょ」

無視して男のほうへ向かう阿久津を見ながら、佳織は慌《あわ》ててスマートフォンを取り出した。

‡

佳織にとって、ほんのちょっぴり不満なのは、克徳の信頼と尊敬を独占してしまったのが阿久津俊也だったことだ。

「なによ、あなた、克徳君を犯人扱いしてたじゃないの。なのに、次の病院には阿久津君が連れて行くわけ？」

阿久津は、ニタッと笑いながら佳織を見返した。

「犯人扱いなど、しとりませんがな。まあ、増永先生も他の人たちも、鬼は克徳君の頭が作り出した妄想だと解釈するだろうからね。畠中さんもそうだった。むろん、オレもそう思っていた。そしてさ、克徳君の妄想が生み出した鬼であれば、その鬼の正体が彼自身だという推測はちゃんと成り立つんであってね」

佳織は肩を竦めた。

「でも、本当のところ、どうなんだろ。鬼って……」

「わからんよ。そういう方面は得意じゃない。克徳君が人の心のどす黒い部分を《鬼の声》として聞き取る能力があるなんて、そんな理屈の通らない戯言《たわごと》は口に出そうとも思わないしね」

「アブナイ人に見られるよね。ただ、克徳君が放火魔の声を聞いてたのは、事実みたいだから」

　はっはっは、と阿久津はわざとらしい声を上げて笑ってみせた。

「事実ってなんでしょう？　真実ってなんでしょう？　そう思ってるものが、全部まやかしってこともあるかもね」

「なにそれ」

　言いながら、佳織は作成中の報告書に目を落とした。

　──逃げるの厭だから。

　克徳の声が耳に残っている。

　声に怯えている克徳を抱きしめたとき、しがみついてきた彼の震えが甦《よみがえ》る。

　あの夜、父親に引き渡したとき、克徳はもう一度佳織にしがみついてきた。その息子の姿を、父親は口を開いたまま凝視していた。

　お母さん、知らないんだもんね。

　言葉に出さず、佳織は克徳の頭を撫《な》でた。

　アパートの戸口で手を振りながら、克徳は照れたような笑顔を見せた。

「また、来るよね？」

「うん。また来るよ」

言うと、笑顔がさらに拡がった。
佳織は、それが克徳が見せてくれた初めての笑顔だと気づいた。
そして、気づいたことがもう一つ。
あの子、声変わりもまだなんだ。

空気剃刀

城址《じょうし》公園の中を四十分近く歩き回っても、噂《うわさ》の男の子の姿は見つけられなかった。

「ここにいるんですか？　ほんとに？」

振り返って訊《き》くと、藤原祐一《ふじわらゆういち》はオレンジ色のタオルで顔の汗を拭《ぬぐ》いながら、ふう、と息を吐き出した。

「心当たりは、ここしかないですから」

苛立《いらだ》ちを隠そうともせず、怒ったような声を出す。

オレの所為《せい》なのかよ、と飛島潤《とびしまじゅん》は藤原から目を背けた。案内してやるという彼の申し出を受けたことを後悔した。いささか、むっとした気持ちを抑え、あらためて公園を見渡した。

南北に細長く伸びた丘陵地全体が、公園として開放されている。「城址公園」というが、天守閣などどこにも見えないし、城の痕跡《こんせき》らしきものがあるわけでもない。四箇所だけ石垣が積まれ城壁を模した入口が設けられているのだが、明らかに近年になって造られたものだ。緑が多く木々に遮《さえぎ》られた遊歩道は、街中に比べればずいぶん涼しい。ただ、メタボ体型の藤原祐一には、この木蔭《こかげ》も汗を抑える役には立っていないようだった。

しかしむろん、そんなことは飛島の責任ではない。

「その……松田健太《まつだけんた》君がいつも寝起きしている場所は、もちろんわかっていないわけですよね？」

耳に届かなかったのか、飛鳥の言葉を無視して藤原は遊歩道脇《わき》に置かれたベンチへ歩いて行った。腰を下ろして顔全体をタオルで覆《おお》う。ゴシゴシと擦《こす》り、首の後ろを拭い、そのタオルを広げてパタパタと顔に向けて扇《あお》いだ。同時に、うう……と呻《うめ》くような音が彼の口から洩《も》れた。

飛鳥は溜息《ためいき》を吐《つ》き、うんざりした気持ちでベンチへ歩いた。むろん、この気温では誰だって暑い。すでに真夏日が五日続いている。でもそれはオレの所為じゃないし、案内すると申し出たのは藤原自身だ。

「ここだっていう話です」

藤原が面倒臭そうに言い、飛鳥は、え？　と彼を見返した。

ここ……？

「はっきりしたことはわからないですけどね。この公園で寝起きしてるらしいという話です」

「その……ええと」

と、飛鳥は自分もポケットからハンカチを出して額《ひたい》を押さえた。藤原の隣へ腰を下ろそうとも思ったが、さらに暑苦しくなる気がして、ベンチの脇から彼を見下ろした。

「松田健太君が、この公園で寝起きしてるってことですか？」

面倒臭そうに、うんうんと頷《うなず》く。頭を上下させるたびに、首の後ろの肉がプクプクと盛り上がった。

「いや、でも……」なんとなく、飛島は周囲を見渡した。「寝起きって、どこで？」

「具体的な場所は知らないですよ。以前、この公園を朝方ジョギングしていた人が、ベンチの上で寝ている健太を目撃したとか、そういう報告がいくつかあってですね、だから、ここで寝起きしてるのかもしれないと」

「………」

藤原の腰掛けているベンチを見つめた。その視線をどう解釈したのか、彼は苦笑いしながら首を振った。

「いや、このベンチじゃないですよ。公園にベンチは四十八台設置してますけど、目撃されたのは南側の祠《ほこら》脇にあるベンチです。それに、健太の目撃証言はベンチだけじゃなくて、木の上だとか、植え込みの茂みの中だとか、いろいろですからね」

飛島は、大きく息を吸い込んだ。

ポケットから手帳を取り出し、メモを開いた。

「松田健太君は、ええと……五年生ですよね。小学五年」

「そうです」

「そんな子供が、ふろう――」

浮浪者と言いかけて、言い淀《よど》んだ。「浮浪者みたいな」という言い方が、五年生の男の子には酷《ひど》すぎるように感じたからだ。

飛島の言葉を察したのか、藤原がプルプルと首を振った。

「浮浪者ですよ」

こともなげに言った。

「……施設を抜け出したのが三年生の夏休みだと聞いたんですが、つまり二年前ですよね。それからずっとこの公園にいるんですか？」

「いや、ここで目撃され始めたのは春ごろからです。その前からいたのか、別のどこかで寝起きしていたのかってことはわかりません」

「ああ、春から」

「春先というか、三月だったと思いますよ。ウチの市民課に、城址公園のベンチで小さな男の子が寝ているって電話があったんですよ。声をかけたが起きない。顔や手が汚れて真っ黒で、身なりもボロボロなので気味が悪くて傍《そば》に寄ることができない。死んでいるわけじゃないと思うが、ほっておくのもと思って電話したってことでね」

「三月っていうと、夜はまだ寒いですよね」

「だから、警察と、児童相談所にも連絡して、ウチからも人をやって、見に行ったわけですよ。そのとき健太は、まだベンチにいたそうです。ただ保護はできなかった」

ああ、と飛島は手帳に目を落とし、ページを繰った。

二年前に健太が抜け出したというのは、市の児童養護施設のことだ。今回、飛島が真っ先に訪ねたのが、その施設だった。

‡

《すくすく学園》を訪ねると、電話で応対してくれた女性は洗濯室にいると聞かされた。行ってみると、その部屋には女性の職員が三人いた。

「花木《はなき》さんは、どちらに……？」

訊《たず》ねて会釈を返してくれたのは一番年配に見える女性だった。

ここで話は無理だということで、応接室へ通され、大量の洗濯物はあとの二人の職員に押しつけられることになった。

「お忙しいのに、時間を割《さ》いていただいて感謝します」

応接室のソファに腰を下ろしながら言うと、やや神経質そうな彼女は、いいえ、と首を振った。

「講師……大学の先生でいらっしゃるんですか」

花木香奈子《かなこ》というその施設の職員は、飛島から受け取った名刺を眺《なが》めながら呟《つぶや》くように言った。

「非常勤ですが」

よくわからないという表情で、香奈子は名刺と飛島を見比べた。

教授や准教授、あるいは助手ならなんとなく想像してもらえるのかもしれないが、講師という職はかなり曖昧《あいまい》に思われるのだろう。語感からは学習塾の先生のようなイメージがあったりもするようだ。さらに、非常勤だなどと言われたら、見当もつかなくなる。

説明するのも億劫《おっくう》だから、飛島は香奈子にニッコリと笑いかけた。四十代半ばだろうか。やや老《ふ》け顔ではあるが、三十代ということはあるまい。

「電話でも申しましたが、この施設で世話をされている松田健太君のことを教えていただきたいんです」

はい、と頷きながら、香奈子は視線をテーブルの上に落とした。

「今、その健太君は、ここには？」

香奈子は首を振った。

「おりません。二年ほど前にここを抜け出したまま、見つけることができなくて」

「行方がわからない、ということですか」

「あの子を見たっていうのは、たまに聞いたりもするんですけど」

「見つかっていないんですね」

はい、と香奈子が頷いた。

飛島は手帳に目を落とした。

「小学生だと、聞きましたが」

「今は、五年生です。でも、学校へは行っていません。二年前の一学期の終業式に登校したのが、健太が学校に行った最後です。三年生の一学期まで、ですね」

「ええと」と手帳のページを繰る。「この《すくすく学園》では、赤ちゃんのときから世話をされていたと聞きました。孤児だったということなのですか？」

花木香奈子が飛島を見返した。真《ま》っ直《す》ぐに眼《め》を見つめてくる。

「今は、いわゆる赤ちゃんポストも設けられていますけれど、健太が保護されたときはそういうものがありませんでした。あの子は市立病院の玄関先に毛布でくるまれて捨てられていたんです」

「所謂《いわゆる》その、捨て子、ということですか」

「生まれて間がない――一週間か、十日ぐらいだったんじゃないでしょうか。この子をお願いしますという書き付けもなにもなくて、ただ毛布にくるんで放置してあったんですね」

「親が誰かということも、まるっきりわからないんですね」

「警察とか、児童相談所とかが捜しましたけど、手懸《てが》かりになるような情報すら見つけることができませんでした。十年ぐらい前のことですけどね。産んだ子供を捨てたことを、親が今、どう思っているかわかりませんけど」

物静かな口調だが、言葉の奥に込められた彼女の気持ちが、見つめてくる眼に表われている。

「メモもなにもなかったということは、その、松田健太という名前も？」

「ここでつけました。そのころの園長が松田という名前だったのです。今は園長が代わって松田ではなくなりましたけど。健太は、健康に育ってほしいということからですね。見つかってしばらく、あの子は保育器の中にいたのです。未熟児というほどでもなかったですけど、かなり危ない状態でしたから」

「で、健太と」

「はい」

本題に入らなければならないのだが、飛島は一瞬躊躇《ちゅうちょ》して手帳に目を落とした。意味もなく、アンダーラインなど引く真似《まね》をしながら、口に出す言葉を探した。目の前の花木香奈子にしても、相手をしてくれる時間がさほどあるわけではない。

「ええと……どう言えばいいのかよくわからない部分もあるのですが、松田健太君は、かなり凶暴な性格を持っている——というような話を聞いているんです」

するると、香奈子はゆっくりと首を横に振った。

「どこでお聞きになったのか知りませんけど、凶暴ではないです。問題は起きました。健太の周囲では、けっこう頻繁《ひんぱん》に問題が起きてました。たぶん、それが凶暴だって形で伝わってるのかもしれませんね。でも少なくとも、健太の性格は凶暴ではないですし、むしろ逆だと思います」

「逆……」

「私のほうから訊かせていただいてもいいですか？　健太が凶暴だということで、飛島先生はそれを確かめるために来られたんですか？」

いや、と飛島は手帳を閉じて、首を振った。

「凶暴というのは、言い方が悪かったかもしれません。私の専門は心理学——情報コミュニケーションに関する心理学なのです。研究テーマとして、世の中の不思議な現象についての情報も扱っています」

「不思議な、現象……」

言葉を繰り返しながら、香奈子は飛島を見つめる眼を細めた。

「花木さんは、健太君の周囲で頻繁に問題が起きていたと言われましたけれど、私のところに入ってきた情報では、健太君は時々他人《ひと》に暴力をふるって怪我《けが》をさせることがあるということでした。ただ、その暴力のふるい方が、かなり特殊なものだと聞いたんです」

香奈子が飛島の言葉を制するように手を上げた。

「健太が暴力をふるったことは、一度もないです」

「ない？」

飛島は、香奈子を見返した。

「暴力をふるうのは健太じゃなくて、相手なんです」

「…………」

「健太の周りでよく怪我人が出るのは確かです。この《すくすく学園》でも児童や職員が怪我をしました。学校でも何人もの児童や教師が怪我をしています。でも、それは、健太が凶暴だからじゃありません。あの子は、とっても気が弱いんです」

ああ……と、飛島は頷いた。

「健太君の周りで誰かが怪我をする。それが起こるのは、むしろ、相手に暴力をふるわれた場合だということですか？」

香奈子は、心持ち首を傾《かし》げるようにして自分の両手を握り合わせた。飛島と同様、彼女も言葉を選んでいる。握った手は、祈りの形を作っていた。

「殴《なぐ》るとか蹴《け》るとかの暴力の場合もありますけれど、言葉の暴力のときもあります。飛島先生がお知りになりたいのは、たぶんそういった暴力を受けたときに健太の相手が怪我をする、その仕方なんだと思います。それが〈不思議な現象〉になるわけですよね」

飛島は、花木香奈子の表情を注意深く見つめた。

「はい。その現象についての情報を入手したのです。いずれもネット上で得たり教えてもらったりしたものなのですが、情報源が複数であることと、ある程度の信憑性《しんぴょうせい》があったために、直接調べてみる意味があるかもしれないと、こうして伺わせていただいたのです」

香奈子は、ゆっくりと頷きながら、握り合わせた手を自分のお腹《なか》のあたりへ押しつけた。

「花木さんご自身は、その現象に立ち会われたことがおありなのですか」

香奈子は、黙ったまま飛島の眼を見つめてきた。そして、握り合わせていた手を解《ほど》き、右掌《みぎて》を飛島の目の前に翳《かざ》すように広げて見せた。

その掌《てのひら》には、人差し指の付け根から手首に向かって白い傷痕《きずあと》が残っていた。

「…………」

「まだ、少しだけ痺《しび》れたような感覚が残っています」

「健太君が、これを……？」

香奈子が右手を膝《ひざ》へ下ろし、飛島は彼女の顔に視線を移した。香奈子に、ふっと笑顔が過《よぎ》った。

「イジメられていたんです。口の悪い女子がいて、その子が健太を挑発するような言葉で――どんな言葉だったか忘れましたけど――詰め寄っていたんですね。健太はそれに言い返すことができなくて、身体《からだ》を震わせながら下を向いていました。たまたま、私が部屋を覗《のぞ》いたときだったので、慌《あわ》てて二人に割って入りました。間一髪だったと思います。そのとき、手に違和感を感じたのですが、切れたのだとわかったのは、少し後でした」

飛島は、花木香奈子の言葉を手帳に書き留めながら眉《まゆ》を寄せた。

「……もう少し、詳しく聞かせてください。慌てて健太君と女の子の間に割って入られたのは、次に起こることを花木さんが予感されたからですか？」

「予感……そうだったのかもしれないですね。健太のそういう様子をたまに見ていましたし、あれが起こるのはいつもそんなときでしたから」

「つまり……」と、飛島は香奈子の眼を覗き込んだ。「健太君が身体を震わせていると、怪我人が出る……と？」

ふう、と香奈子は息を吐き出した。

「震えていると、というんじゃないんです。殴られてやり返せないようなときとか、詰め寄られて言い返せないでいるときとか……追いつめられたときですね。気持ちの中では、やり返したいし、言い返したい。でも、健太には、それができないんです」

「気が弱いと仰有《おつしや》ってましたね」

はい、と香奈子が頷いた。

「自分の怒りを外に出す方法がわからないんだと思います。そういう感情が胸の中で押し殺されていると、それが震えのような格好で出てくるんです」

「それは……」と、飛島は香奈子の右手を指差した。「いじめていた女の子の代わりに花木さんが受けてしまった傷ということなんですね」

「もちろん、身代わりになろうとか、そんな考えで二人の間に入ったわけじゃないですよ。たまたま、タイミングが合ってしまったんでしょうね。二人を引き離すように、こんな感じで」ボクシングのレフェリーが選手を引き離すときのような格好で、香奈子は両掌を外へ向けながら腕を広げた。「……そのときに健太に向けた手が切れてしまったんです」

「すみません。もう一度、拝見してもいいですか？」

言うと、香奈子は、はい、とテーブルの上に、開いた右手を載せた。

少なくとも、二年以上前の傷痕だ。それだけ時間が経《た》っているにも拘《かか》わらず、その傷は掌にはっきりと刻まれていた。

「刃物で切ったような傷に見えますね」

「スパッと切られて、ぱっくり割れていました」

「切られたことに気がつくまで間があったと言われましたね」

「健太が、怯《おび》えたような目で私の手を見つめていて、それで気がついたんです。見てみたら、掌がぱっくりと割れてました。途端に血が噴き出してきて、自分自身でもパニックになったと思います」

「確認のために一応お訊きしますけれど、健太君が刃物を持っていたということではないわけですよね」

香奈子は首を振った。

「病院の先生や、同僚たちにも同じことを訊かれましたけど、健太はナイフなんて持っていませんでした。ガラスの欠片《かけら》だとか、尖《とが》った爪《つめ》だとか、そんな可能性も訊かれました」

さらに強く、香奈子は首を振ってみせた。

「だけど、違います」

言いながら、香奈子は右掌の傷痕を指でなぞるように撫《な》でた。どこか、それを愛《いと》おしんでいるようにも見えた。

「……花木さんのときだけではなくて、何度か同じようなことがあったわけですか」

「ここでは五度か六度だったと思います。この《すくすく学園》だけじゃなくて、学校でも三、四人の被害者が出ていますね」

「もちろん、花木さんがそこに居合わせてはいなかったでしょうけれど、やはり、そのすべての怪我が、刃物によるものではなく、同じような現象によって起こったのだと?」

「最初は」と、香奈子が小さく唇を噛《か》んだ。「と言いますか、私自身が手を切るまでは、超能力だとか魔術だとかって言われても信じることはできませんでした」

「なるほど。そうでしょうね」

「刃物で切られたって言う人もいて、学校に私たちだけではなくて、警察が呼ばれたこともありました。でも、凶器——という言い方は厭《いや》ですけど——ナイフだとか、そういう刃物はどこからも見つからなかったし、健太が相手に切りつけたところを見た人もいなかったので、少年課のお世話になることは避けられました」

飛鳥は、手帳から顔を上げて香奈子を見つめた。

「花木さんご自身は、なにが起こったのだと思っておられますか?」

香奈子の顔が、ふっと綻《ほころ》んだ。

「わかりません。逆に、私のほうが教えてほしいです。不思議な現象をご研究なさってるんですよね。どうして、追い詰められた健太の傍にいると手や足や顔が切れてしまうんですか? その原因は健太なんですか? 治すことって、できるんでしょうか? 健太がここに戻ってきてくれるようにするには、どうしたらいいんですか?」

飛島は、思わず眼を閉じ、首を振った。

調査を開始したばかりでは、花木香奈子の質問の答えなど、何一つ持っていなかった。

‡

「鳴ってんじゃないですか?」

藤原祐一に言われて、飛島は、それが携帯電話の着信音だったことに気がついた。ショルダーバッグの前ポケットを探り、電話を取り出して表示を確認する。週刊エタニティの増山五郎《ますやまごろう》からだ。

「はい?」

「アスカ先生、今、どこですか?」

電話に出るなり、増山は訊いてきた。

「どこって……仕事先ですけど」

「公園でしょ? アスカ先生追っかけて、僕も城址公園まで来てるんですよ。ただ、ここ、思ったより広いですね。一巡りしたけど、見つからなくて」

「…………」

失礼も甚《はなは》だしいと思うのだが、飛島のことを増山は「アスカ先生」と呼ぶ。初対面のとき、増山は名刺の「飛島」を「飛鳥《あすか》」に読み間違えた。「トビシマです」と言ったのだが、その間違いが自分のツボにはまったらしく、それ以降「アスカ先生」と呼び続けている。「トビシマ」だと何度言っても、増山は「わかってますよ」とニタニタ笑うだけなのだ。どうやら、そうすることで飛島との距離を縮めているつもりらしい。抗議するのも面倒臭くなって、最近では勝手に呼ばせている。

「だいたい、どのあたりにおられます?」

うんざりしながら、飛島は藤原祐一に目をやった。藤原は、相変わらずタオルで首筋を拭っている。

この上、増山五郎まで加わるのか……。

「北の端のほうにいますよ。ベンチで休憩中です」

「わっかりました」

そのまま電話が切れた。

週刊誌に〈招かれざるゴーストハンター〉というタイトルの連載コラムを書いている。主に超心理学をネタにした読み物だが、意外に読者の受けがいいらしく、連載を開始してからそろそろ一年になろうとしている。増山は、その連載の担当編集者だった。

電話をかけてきた場所が、さほど離れていたわけではなかったようで、増山は五分も経たないうちに姿を現わした。

藤原に増山を紹介し、二人の名刺交換を眺めながら、飛島は手帳を閉じてショルダーバッグに突っ込んだ。

「増山さん、僕になにか用事があったんですか?」

訊くと、彼はニヤリと笑ってみせた。

「なにかって、松田健太の調査でしょ?　けっこう面白そうですもんね。僕にもお手伝いできることがあればと思ったんですよ」

「手伝っていただきたいときには、言いますよ」

厭味を込めて言ったつもりだったが、そんなものが通じる相手ではなかった。

「いや、ちょうど時間も空《あ》きましたんでね。〈マネゴハン〉のネタなら、僕も勉強になりますから」

連載のタイトル〈招かれざるゴーストハンター〉を、増山は勝手に縮めて〈マネゴハン〉と呼んでいる。略称を作って呼ぶことに、意味があるとは思えなかった。

「連載で取り上げるかどうかはわからないですよ。まだ調べ始めたばかりですから。取り上げることになるとしても、まだまだ先のことですし」

うんうんと、増山はニコニコしながら頷いた。

元々、松田健太のことを教えてくれたのが、この増山五郎だった。ネット上に散らばっている〈超能力少年〉の情報を、彼は「こんなのどうです?」と持ってきた。

「真偽のほどはわからないし、まあ、こういうのはまず都市伝説レベルの噂話だろうと思いますけどね。どうですかね？　ネタにはならないですか」

その噂話が〈松田健太〉という実在の少年に結びつき、飛島が興味を持って動き出したというので、増山も嬉《うれ》しくなっているのかもしれなかった。

見ると、藤原祐一はベンチに腰を下ろしたまま、増山が差し入れてくれた罐《かん》ジュースをゴクゴクと喉《のど》を鳴らしながら飲んでいた。罐を自分の額に当ててみたりしている。どうも、ベンチから動く気などどこにもないようだ。公園をぶらぶらと二巡りほど案内して、それで自分の役目は終わったということにしたらしい。おそらく、彼が案内をかって出たのは、仕事をサボりたかっただけなのだ。

ただ、飛島にしてみても、この後の方策があるわけではなかった。

松田健太が城址公園で幾度か目撃されているという情報があるだけで、あとは偶然の出会いを期待するしかない。公園内をぐるぐると歩き回っていれば、出会う確率が上がるという保証もない。公園で寝起きしているということ自体が、推測でしかないのだ。

ただ、小学五年生の行動範囲がそんなに広いとも思えなかった。春ごろから何度か目撃されているのなら、出会う確率がゼロとは言えない。今日《きょう》会えなくても、何度か通ううちにチャンスも出てくるだろう。

「飛島先生……」

藤原が囁《ささや》くような声をかけてきたのは、それからしばらくしてからだった。あてもなく、遊歩道に立って、ぼんやりと道の先を眺めていた視線を、飛鳥はベンチのほうへ向けた。

「あそこ……」

丸い顎《あご》をしゃくり上げるようにして、藤原は左手の茂みへ目をやっていた。

その視線を辿《たど》って振り返る。

「………」

大きな欅《けやき》の木が二本、並んで立っている。その根元の茂みが、不自然に揺れていた。目を凝《こ》らすと、下草の間に黒い影のようなものが蠢《うごめ》いて見えた。さほど背丈のある下草ではない。生き物が丸くなって寝ているように思えた。

「――」

人間だった。

男の子だ。草の間に身体を丸めて横になっている。

飛鳥は、ゆっくりと足の運びを抑えながら、茂みに向かって歩いた。増山も飛鳥の動きに気づき、欅へ足を進めている。

飛鳥と増山の足が、遊歩道の土を離れ、茂みの草を踏んだ瞬間、前方の黒い塊《かたまり》がむっくりと起き上がった。

「………」

クリッとした大きな眼が飛島と増山の間を往復するように動き、次の瞬間、黒い塊が跳ねるように草の上に立ち上がった。小学五年生にしては、ずいぶん小さな身体だった。顔も手も、まるで煤《すす》を擦《す》り込んだように真っ黒だ。着ているものも同じように黒く汚れている。

あ……と、気がつき増山を押し止《とど》めようとしたが、遅かった。

いつの間にか手にしていたカメラを構え、増山は足を速めて男の子に突進して行った。

「健太君？　松田健太君だよね」

増山が呼びかけると、男の子は突然、悲鳴のようなものを上げた。同時に、増山の頭上に、何かが落ちてきた。それに驚いた増山が「おっ！」と声を上げる。その声が合図だったように、男の子はくるりと身体を返し、欅の後ろを回り、草の上を駆け出した。

「おい！　待てよ！」

飛島が抑えようと伸ばした手を払うようにして、増山は男の子を追って走り出した。

逃げる男の子の姿が、不意に消えた。茂みの向こうが斜面になっていたらしい。

「増山さん！」

声をかけたが、男の子に続いて増山の姿も斜面の先に消えた。

「………」

溜息が出た。

頭を一振りし、飛島は男の子が寝ていたあたりへ歩いた。新聞紙が数枚、草の上に広げられている。新聞紙の真ん中が男の子の身体の形に凹《へこ》んでいた。

ふと気づいて、左手の草むらに目をやった。大人の腕ぐらいの太さの枝が一本落ちている。見上げると、欅の一番低い枝が切り落とされていた。その切断面が、磨いたように白く光っている。

「逃げられた」

言いながら増山が戻ってきた。手には、まだデジカメを持っている。

「なんのつもりですか」

言うと、増山は飛島を見返した。

「なんのつもり……って？」

「台無しですよ」

増山が眉を寄せた。

「なにか怒ってます？」

「どうして、いきなり追いかけたりしたんですか」

「……追いかけなきゃ、捕まえられないでしょ」

「捕まえる？」

「健太の話が聞きたいわけでしょ？　アスカ先生の目的は違うんですか？」

「もちろん話をしたいと思ってます。でも、いきなり写真を撮《と》ったり、大声で名前を呼んだり、追いかけたりしたら、話なんてできなくなってしまう」

「…………」

「健太君は、施設から逃げ出したんですよ。どうして逃げたんだと思いますか」

「……問題を起こしたからでしょう。他人《ひと》に怪我をさせて、叱《しか》られるし、下手《へた》をしたら警察に連れて行かれる。だから、でしょう。小学生だから、それなりの配慮をしてもらえるでしょうけど、大人だったら傷害罪ですよ。警察に捕まれば鑑別所か少年院か、そのぐらいのことは小学五年生でもわかりますよ」

「増山さんは、健太君を警察に引き渡すつもりで追いかけたんですか？」

「いや、引き渡すかどうか、それは後の判断だと思いますよ。まずは、アスカ先生に話をしてもらう必要がありますしね。警察は、後でしょう」

「健太君は、警察に追われているわけじゃないですよ」

「ない？」

「健太君は非行少年じゃない。誰も健太君を訴えていないし、警察も傷害犯として追ってるわけじゃありません」

「……でも、二年間も逃げ続けてるって」

飛島は頭を振った。増山に話をする気力がなくなった。

「増山さんは、健太君を捕まえられると、思ったんですか？」

「取り逃がしちゃいましたけどね。あと、もうちょっとのところだった」

「捕まえられなくて、よかったかもしれないですよ」

言いながら、飛島は地面に落ちている欅の枝を拾い上げた。意外に重く、樹液の香りが鼻腔《びこう》を満たした。

「……なんですか？」

「増山さんが健太君の名前を呼んで突進して行ったとき、あそこから落ちてきた枝ですよ」

「あ、ああ、そう言えば落ちてきた」

飛島は、枝の切り口を増山に示した。ノコギリを挽《ひ》いたようなものではなく、まるでナイフでプリンを切ったかのような、それはツルツルの切断面をしていた。

「え……まさか」

増山もようやくそれに気づいたらしく、枝の切り口を凝視した。

どうやら、増山は健太にまつわる噂を、でっち上げられ脚色された都市伝説だと思っていたようだった。

飛島の手から枝を受け取り、その切断面を指先で撫でて、増山は顔を上げた。

「松田健太が、やったってことですか、これ？」

飛島は肩を竦《すく》めて見せた。

「どうなんでしょうね。健太君のことは、まだなにもわかっていない」

「………」

今日はここまでだ、と飛島は思った。

松田健太を怖がらせてしまった。この後、彼を見かけることがあっても、追いかけ回された後では良い結果を望むことなど無理だろう。

引き揚げることにした。

ふと気がつき、飛島はショルダーバッグから菓子パンを二つ取り出した。それを欅の根元に広げて敷かれた新聞紙の上に、そっと載せて置いた。

‡

その翌日から、飛島は時間を作っては城址公園に通うようになった。もちろん、毎日は無理だ。仕事の合間を縫い、公園を訪れることができたのは二、三日に一度程度だった。

公園へ行っても、特別なことをするわけではない。ベンチに座り、ショルダーバッグから本を取り出して、それを読む。持って行った菓子パンを齧《かじ》り、パックの牛乳を飲みながら本を読み続ける。ただそれだけだった。

座るベンチは最初の日と同じ場所にした。藤原祐一が腰を下ろしてひたすら汗を拭《ふ》いていたベンチだ。そこに座り、本を読む。むろん、時々、欅の木の根元に視線を投げた。座り疲れて腰が痛くなってくると、立ち上がって柔軟体操をやった。

時間の許す限り、あるいは日が暮れて本が読めなくなるまで、飛島はそのベンチに居続けた。

数時間の読書を終えてその場を離れるとき、飛島は欅の木へ歩き、その根元に菓子パンを置く。最初の日の菓子パンはきれいに無くなっていた。敷かれていた新聞紙まで消えていたことが、飛島には嬉しかった。草の上に画用紙を一枚載せ、そこに菓子パンを置くのだ。牛乳を置くことも考えたが、木蔭とはいえ、傷みやすいものを真夏の炎天下に放置するなど非常識も甚《はなは》だしい、と思い直した。

パンはいつも無くなっていた。皿代わりの画用紙も消え去っていた。画用紙には、ひと言だけ言葉を書いて添えた。

〈好きなパンがあったら教えてください〉

のときもあったし、

〈三日間、来られなかったよ〉

のときもあった。

雨が降ってベンチでの読書ができなかったとき、飛島は松田健太が通っていた小学校を訪ねた。怪我をした児童や教師から話を聞いた。彼らの話は、どれも似たり寄ったりで、《すくすく学園》の花木香奈子の言葉を補足する程度のものだった。

城址公園へ通い始めてからひと月ほど過ぎたある日、いつものようにベンチで本を読んでいると、左手の茂みで何かが動くのを目の端に感じた。そっとそちらへ目を向けると、欅の下に黒い影が見えた。

飛び上がりたくなるほど嬉しかったが、飛島はそのまま本を読み続けた。時々、目をやる。黒い影は、じっと動かぬまま、飛島のほうを見つめていた。

夕暮れ時になり、飛島は本を閉じてショルダーバッグに戻した。代わりに菓子パンを二つと画用紙を取り出す。

その画用紙に〈あしたも来るからね〉とだけ書いた。

ゆっくりと立ち上がり、パンと画用紙を持って欅のほうへ歩く。前方の黒い影が、スッと姿を消した。

欅の根元に画用紙を敷き、そこに菓子パンを二つ載せて、飛島は公園を後にした。嬉しくて踊り出したいような気分だった。

その翌日、画用紙に書いた約束通り、飛島はまた城址公園へ行った。いつもの通り、ベンチに腰を下ろし、本を取り出してページを繰る。

一時間ほどすると、欅の下の茂みがカサコソと動いた。

「…………」

なんだかまるで、好きな女の子を通学路で待ち伏せる中学生のような気分だった。自分の胸がときめいているのを感じる。

むろん、行動は抑えるべきだ。

調子に乗って話しかけたりしたら、取り返しのつかないことになる虞《おそれ》だってある。焦《あせ》りは禁物だった。

それからさらに一時間ほど、飛島はベンチでの読書を続けた。文章を目で追い、ページを繰ってはいるが、内容はまるで頭に入ってこなかった。

昨日《きのう》と違って、松田健太は自分の姿を隠そうとしていなかった。他の利用客が遊歩道を歩いて行くときだけ、身を屈《かが》め、警戒の姿勢を取るが、彼らが通り過ぎると草の上に膝を抱えるようにして座り、飛島のほうを眺めている。

飛島は、読んでいた文庫本を閉じた。腕の時計を見る。いつもより少し早いが、本をショルダーバッグに入れた。代わりに菓子パンを二つ取り出す。それを持ってベンチから腰を上げ、ゆっくりと欅のほうへ歩いた。

前方で健太が背筋を伸ばした。立ち上がり欅の後ろへ姿を消した。

「…………」

やっぱり、そうか。

そう思いながら飛島は木の根元に屈み込んだ。健太が座っていたあたりの草の上に画用紙を敷いて、ふと、気づいた。

健太は、まだそこにいた。

欅の幹の向こうから、黒く汚れた顔だけ覗かせてこちらを見ている。飛島は、うん、と自分自身に頷いた。

「今日《きょう》は、あんパンとメロンパンにしたよ」

画用紙にパンの袋を載せながら、飛島は健太のほうを見ずに語りかけた。一瞬、健太の身体が欅の向こうに隠れたが、すぐにまた顔を覗かせた。

「ほんとはさ、出来立てのハンバーガーとか、そういうのがいいかなって思うけど、すぐ悪くなっちゃうからね。菓子パンばっかりで、ごめんな」

「…………」

「おじさん、明日《あした》は用事があって来られないんだけど、明後日《あさって》、また来るよ。今日と同じぐらいの時間には来られると思う。健太君が待っててくれるなら、ハンバーガー、持ってくるね」

そう言い残し、飛島はその場を後にした。画用紙にはなにも書いていなかった。

まるで、野生動物の餌付《えづ》けでもしているようだ――帰り道、飛島はそんなことを思いながら顔を綻ばせた。

‡

翌々日、飛鳥は城址公園へ行く前にハンバーガーショップへ寄り道をした。ハンバーガーを四つとシェイクを二つ買い、その袋を提《さ》げて公園の敷地に足を入れた。

小躍りしたくなるほど嬉しかったのは、松田健太が欅の下に座り込んで待っていてくれたことだった。

だから、飛鳥はベンチへ向かうことなく、遊歩道を外《はず》れ、そのまま欅の木の下へ歩いた。

「……………」

やはり、恐怖感はあるのだろう。歩いてくる飛鳥を見て、健太が立ち上がった。スッと欅の向こうへ消える。

飛鳥は、それにかまわず、健太が座っていたあたりへ歩き、ショルダーバッグからビニールシートを取り出した。シートを広げ、草の上に敷く。その端に自分が腰を下ろした。買ってきた袋を開け、ハンバーガーとシェイクを出してシートの上に並べた。ハンバーガーの一つを取り上げ、包み紙を剝《は》がすと、一口かぶりついた。

「まだ、あったかいよ。出来立てだからね。食わない？　うまいよ」

声をかけると、欅の後ろで何かを擦《こす》るような音がした。やはり、すぐには出て来られないらしい。

「シェイクも買ってきたんだ。この暑さだから、すぐに溶けちゃうかもしれない」

飛島は、敢《あ》えて欅に背中を向けていた。第六感など持っていないから、健太が見てくれているかどうかはわからなかった。こちらを覗いている確信はなかったが、健太が飛島に対して心を開き始めてくれていることだけは確かだと感じていた。ハンバーガーに引きつけられていることもあるだろう。だが、警戒心が勝っているなら、これほどの近い距離に飛島がいることを許してくれる筈《はず》がなかった。

「…………」

健太が欅の蔭から姿を現わしたのは——さらにそれから五分以上が経ってからだった。

飛島は、健太のほうを見ないように自分の気持ちを抑え込んだ。せっかくここまできた努力を無駄にしたくない。

カサカサと草を踏む音が近づいた。次の瞬間、シートの上に真っ黒な腕が二本突き出され、同時にハンバーガーとシェイクがそこから消えた。チラリと見えた健太の腕は、胸が痛くなるほど細かった。

健太は、シートの上には座らず、少し離れて欅の幹に寄りかかるようにしてハンバーガーにかぶりついた。それらを持って逃げるのではなく、その場で食べ始めてくれたことが、飛島には嬉しかった。何かが報われたような気がした。

健太がハンバーガーを食べ終わったと感じて、飛島は遊歩道のほうへ目を向けながら声をかけた。

「まだ、あるよ、ハンバーガー。食べられるだろ？」

するとシートの上のハンバーガーに、健太の腕が伸びてきた。そして、彼は、半分だけ尻をシートに載せ、そこで食べ始めたのだ。

「…………」

感激の瞬間だった。

汚れるだけ汚れた健太の顔や手は真っ黒だったし、裸足《はだし》の足もそれ以上に黒く汚れている。着ているシャツやズボンも、元の色を想像できないほど汚れきっている。

ただ、それを除けば、シートの上に座っている飛島と健太は、ピクニックを楽しむ親子のようだった。

「これもいいよ」

飛島は最後のハンバーガーを取り上げ、健太のほうへ差し出した。

「ありがと」

そのハンバーガーを受け取るとき、健太の口から小さな声が洩れた。

思わず健太を抱きしめてしまいそうになった。

健太は、そのハンバーガーの包み紙を開かず、大事そうに膝の上に載せた。

「いつもは、なに食べてるの?」

なるべくわざとらしくならないようにと思いながら、飛鳥はポツリと訊いてみた。

「………」

「おじさんのパンとか、いっつもあるわけじゃないよね。ないときはどうしてるの?」

「ゴミ――」

健太を見返した。真っ黒な横顔は、瘦《や》せこけているにも拘わらず、どこか気品のようなものを感じさせた。けっこうイケメンじゃないか、と飛鳥は思った。

「ゴミ?」

訊き返すと、健太は、うん、と言うように頷いた。

「ゴミをあさるの?」

「ゴミ箱、二十個あるから」

「食べ物が捨ててあるんだ」

「日曜日が一番多くて、月曜日は一番少ない」

「そうなんだ」

うん、と健太はまた頷いた。

「夜なんか、寒くない? 今はいいかもしれないけど、冬なんて、めちゃくちゃ寒いだろ?」

「段ボールとかの中で寝る」

「ああ、段ボール箱……この公園のどこかに段ボールのお家がある？」

健太は、ううん、と首を振った。

「冬はここじゃなかったから」

藤原祐一が「目撃され始めたのは春ごろからです」と言っていたのを思い出した。

「別のところにいたんだ。どこ？」

「駅の地下」

「…………」

つい、健太を見返した。目が合って、健太は顔を伏せた。

「駅の地下街にいたの？」

「連絡通路」

「ああ……そこに段ボールで？」

「カワモリさん」

「カワモリさん？　誰？」

「段ボールに住んでるおじさん」

ああ、と飛鳥は息を吸い込んだ。

つまり、路上生活者だ。正真正銘の浮浪者と、健太は一緒にいたということなのだろう。

「カワモリさんのところに、健太君、いたんだ」

「ゴミで、食べられるのとか食べられないのとか、教えてくれたし」

「どうやって、見分けるの？」

「匂《にお》い」

「ああ、匂いでわかるんだ」

「あと、萬福軒のゴミは上等でおいしい」

「………………」

つらかった——小学五年生なのだ。

「でも、春になってから、健太君はここに来ることにしたんだね」

「……うん」

「カワモリさんに追い出された？」

健太が首を振った。俯《うつむ》いたまま、言葉がなくなった。

「無理して話さなくていいよ。厭なことは話す必要ないからね」

頷いた健太が、飛島を覗き込むようにしてきた。

「誰にも、言わない？」

飛島は大きく頷いて見せた。

「言わない。秘密はちゃんと守れるよ」

「あのね……」と健太は、また少し言葉を途切れさせた。「カワモリさんが、怪我しちゃったから」

ああやっぱりそうだったのか、と飛鳥は健太を見つめた。

「どこが切れちゃったの？」

「ほっぺた」

「そうなんだ」

健太は、頷きながら、大きく息を吸い込んだ。

「血がいっぱい出て、そんなつもりじゃなかった」

「うん。いつだって、そんなつもりじゃなかった。健太君が悪いんじゃないよ」

「悪いよ。ぼくと一緒だと、みんな怪我する」

「そうじゃないよ。だって、カワモリさんが、酷いことしたからだよね」

「ひどいことかどうか、わからない」

「なにしたの？　カワモリさん」

健太は、ブルブルと首を振った。

「おちんちん、触られるの、厭だった」

「………」

最悪だった。健太の環境は、どこをとってみても最悪だ。どうすべきなのか、と飛鳥は一瞬眼を閉じた。

「健太君、あのさ」

あまりに性急かもしれないとは思ったが、飛鳥にはもう耐えられなかった。

「もしよかったら、おじさんのウチに来ない？」

健太が眼を丸くして飛鳥を見返した。

「ゴミ箱をあさるんじゃなくて、ちゃんとしたご飯を食べなきゃだめだと思うんだよ。健太君は今、たくさん食べて、たくさん運動して、たくさん勉強するのが大事なときだしね。おじさんは、学校の先生なんだ」

「先生……なの？」

「小学校じゃなくて、大学なんだけどね」

「大学――」

「うん。本当は、健太君は《すくすく学園》に帰るのが一番だって思う。《すくすく学園》が健太君の家だからね」

「………」

「でも、健太君には厭な思い出もあるかもしれない。帰りたくても、帰れなくなっちゃってるのかもしれない。だから、健太君がこれからどうしたら一番いいのか、一緒に考えたいんだ。おじさんのウチに来てさ……って、狭いマンションなんだけどね。ウチでこれからどうするか、考えない？」

「……わからない」

「でも、厭じゃないだろ？」

「いやじゃないけど……」

「あのさ。これだけは言っておくよ。おじさんは健太君が厭がるようなことはしないけど、もし、おじさんが怪我をするようなことがあっても、それは健太君の所為じゃないからね。それで、また逃げ出したりすることないからね」

健太が首を振った。

「たぶん、大丈夫」

「大丈夫……って？」

「たまーに、カワモリさんのときみたいに失敗するかもしれないけど、怪我をさせそうだって思ったら、他のところに放り投げられるようになったから」

「あ……」と、飛島は健太に笑いかけた。「コントロールできるようになったんだ」

「いっつもできるんじゃないけど」

「じゃあ、その練習も、おじさんのところでやろう」

「訊いてもいい？」

健太が言って、飛島は頷いた。

「なんでも訊いていいよ」

「おじさん、名前、なに？」

「あ、そうか……」

ついい、笑い出してしまった。

‡

汚れたままの健太を電車に乗せるわけにはいかず、帰りはタクシーを使うことにした。運転手に割り増しを払うからと頼み込み、座席に新聞紙とビニールシートを被《かぶ》せ、その上に健太を座らせることでようやくマンションへ帰ることができた。

まずは、なによりも風呂《ふろ》だった。

大量のボディソープを使い、身体も髪もゴシゴシと三度洗いをやって、やっとすべての汚れを落とすことができた。

次にしなければならないのは服だった。当然のことながら、飛島の服はどれもブカブカで大きすぎる。ざっと採寸した上で、健太にはテレビを観《み》ながら留守番していてくれと頼み、近くの衣料スーパーに買い出しに行った。

買い物を終えて帰ってみると、健太はテレビをつけっぱなしにしたまま、カーペットに横になって眠っていた。タオルケットを掛けてやっても、まるで起きる気配もなく、ぐっすりと眠り続けている。

よかった……。

このときになって、飛鳥は初めて安堵《あんど》した。

テレビの音を絞り、飛鳥は《すくすく学園》に電話をかけた。

‡

数日後、ものは試しと、飛鳥は松田健太を大学に連れて行った。

「こんにちは、君が健太君なんだ」

差し出された竹林玲子《たけばやしれいこ》の手を、健太はおそるおそる握った。

竹林玲子は飛鳥の先輩の准教授で、主に人類学の授業を担当している。

「健太君のことは、潤君から聞かせてもらってるよ」

「ジュンくん……？」

健太が、不思議そうな顔で玲子と飛鳥を見比べた。

「ああ、この飛鳥先生のことね。飛鳥潤って名前だから、潤君」

クスクスと、健太が笑った。玲子も笑い、飛鳥が「なんだよ。なにがおかしいんだよ」と言うと、さらに笑いが大きくなった。

研究室の中には、透明なアクリルの壁で囲まれた小部屋が置かれていた。小部屋の中で行なわれることが、四方から観察できるようになっている。もちろん飛鳥のために用意されている部屋ではないし、与えられている研究室などなかったが、たまたまここが空いているというので使わせてもらうことにした。

「すみません。遅くなりました」と入ってきたのは増山五郎だった。彼を見て、健太の顔に一瞬戸惑いのようなものが表われた。城址公園で追いかけられたのが、よほど怖かったのだろう。

「え？　健太君なの？　全然違うじゃん。すごい綺麗《きれい》になってる」

そう言って、増山は飛鳥に持っていた大きな紙袋を渡した。

「ああ、どうもありがとう」

飛鳥はその袋を抱えるように持ち、アクリルの小部屋へ入った。気がついて後ろを振り返り、健太を手招きした。

「ここに来て。別に怖くないよ。ちょっと話を聞かせてほしいだけだから」

小部屋の中央にはテーブルと、それを挟んで椅子《いす》が二脚置かれていた。飛鳥は、抱えていた紙袋をテーブル脇の床へ下ろし、おどおどと入ってきた健太を椅子へ腰掛けさせた。向かい合って飛鳥が座る。小部屋の外では、すでにビデオカメラが映像の記録を開始していた。

「緊張してる？」訊くと、健太が頷いた。「大丈夫。気楽にしてていいよ。あのね、健太君自身がよくわかっていることだけど、君には、他人《ひと》とちょっと違う特技があるよね」

「……怪我させちゃうこと？」

「うん」

「それ、特技？」

「そう思うよ。だって、他の人にはできないことだもの。ただ、健太君にしてみたら、ほしくもない特技だってことなんだよね。そんなつもりじゃないのに他人を怪我させちゃったりするなんて、すごく厭だし、悲しいし、自分がとっても悪い子みたいに思えてきちゃう」

「怪我させちゃうのは、悪いことだよ。たくさん血が出てすごく痛いし」

「うん。でもさ、少しコントロールできるようになったって、健太君、言ってたよね。別のところに放り投げるんだっけ？」

「そう」と健太は小部屋の外の増山を指差した。「前、あのおじさんが追いかけてきたときも、放り投げて怪我にならないようにした」

そうそう、と飛鳥は頷いた。

「木の枝が、あのおじさんの代わりになったってことだ。あの枝を僕、見たんだけどさ、びっくりするぐらい綺麗にスパッと切れてた。磨いたわけでもないのに、切り口がツルツルになってたしね。ああいうときってさ、健太君の中ではどんな感じなの？」

「どんな感じ……」

「たとえば、ギュッとお腹に力を入れる感じだとかさ、何かを投げるような感じとか」

「冷たくなるの」

「冷たく？」

「うん。周りの空気が冷蔵庫よりももっと冷たい感じになってきて、顔がぴりぴりしてくる」

「へえ。そうすると、相手の人の手とか足が切れたりするの？」

「空気が冷たくなって、ぼくの顔の前で平たくなる感じで、薄ぺったくなって、ナイフみたいになる。それが、あっ、て思ったら飛んでいくの」

「空気が……ナイフになるんだ。その飛んでいく方向を加減できるようになってきたってことかな？」

うん、と健太が頷いた。

「ええと、コントロールができるって、とっても大切なことだと思うんだよね。だから上手にできるように練習するのも、大切だと思うんだ。健太君が思ったときに、空気をナイフにできれば、他人に怪我をさせることもなくなってくるかもしれない」

「うん」

「空気が冷たくなってナイフになるのは、誰かから虐《いじ》められたり酷いことをされたときだけ？　それとも、たとえば、今ここでもできる？」

健太は、何度も頷いた。

「できると思う」

飛鳥はテーブルの脇に置いた紙袋を開け、中から大根を一本取り出した。呆《あき》れたことに、増山は六本も買ってきていた。

大根をテーブルに載せ、健太を見返す。

「切っても危なくないものと思って、これ、買ってきてもらったんだ。これ、空気のナイフで切れる？」

うん、と言いながら、健太は椅子から降りた。飛鳥を見つめて首を傾げた。

「どいて。大丈夫だと思うけど、こういうとこでやるのって初めてだから、ツルルッて滑ったら危ないかもしんないし」

おおそうか、と飛鳥は慌ててテーブルから離れ、健太の後ろへ回った。

見ると、竹林玲子も増山も真剣な表情で健太とテーブルの上の大根を見つめていた。

「やっていい？」

健太が訊き、飛鳥は「いいよ」と答えた。

健太の顔から表情が消えたように見えた。次の瞬間、健太の喉が、ヒュッと悲鳴のような音を鳴らした。

「…………」

研究室の中から一切の音が消えたように思えた。

テーブルの上の大根が、真っ二つに切られている。慌てたように玲子が小部屋に入ってきた。

テーブルから大根を取り上げ、その切断面を眺めた。

「ごめんなさい」と、健太が言った。「緊張してて、ちょっと失敗しちゃった」

「失敗？」玲子が大根を手にしたまま、健太を振り返る。「どこが、失敗？」

「机も少し切っちゃった」

「え？」

と玲子はテーブルに眼を戻した。飛島も彼女の傍へ寄ってテーブルの表面を見つめる。

「…………」

大根が切断された真下に、五センチほどの長さの細い傷ができていた。まるで、手術用のメスを引いたような傷だった。

「今の、映像を再生できるかな？」

玲子が言い、飛鳥と玲子と、そして健太も小部屋から出た。増山は魂を抜かれたような表情でビデオカメラの脇に立っていた。

再生されたビデオでは、大根の切断は、ほんの一瞬に起こっていた。コマ送りをしてみても、切断の瞬間が見えない。

「高速度撮影のカメラを用意したほうがいいわね」

玲子が言い、飛鳥はそれに頷いた。

「ほんとだったんだ……」

増山が、震えるような声で言った。

「あ……」

健太が声を上げたのは、その時だった。眼を丸くして部屋の向こうを見つめている。振り返ると、研究室のドアを開けて、女性が入ってきていた。

《すくすく学園》の花木香奈子だった。

「健太」

香奈子が、小さな声で言った。

健太は、直立したまま、声を出せないでいた。その眼から、見る間に涙が溢《あふ》れ出してきた。飛鳥が見る健太の初めての涙だった。

香奈子が、ゆっくりと健太に向かって歩いてきた。

「心配させて」

その香奈子の言葉と同時に、健太が声を上げて泣き出した。泣きながら、健太は香奈子に走り寄る。五年生にしては小さなその身体を、香奈子がしっかりと抱き留めた。

「ごめんなさい、ごめんなさい……」

泣きながら、健太は香奈子にしがみついた。

香奈子は、健太の背中と頭を静かに撫でてやっていた。撫でながら、飛島のほうへ会釈《えしゃく》した。

「ありがとうございました」

いいえ、と飛島は首を振った。

「健太」と、香奈子が撫でていた手で軽く頭を叩《たた》いた。「みんな、健太を待ってるよ」

ブルブルと、健太が首を振った。

「嘘《うそ》じゃない。みんな心配してたんだから。帰って来てほしいって、みんな待ってるんだから。怖いかな？　まだ、帰るのは怖いかな。いつでもいいよ。帰って来たくなったら、いつでも帰っておいで。先生たちも、仲間も、マミも、トモヤも、みんな待ってるんだから。大丈夫。帰っておいで。健太の家は、ずっとそのまんまだからね」

健太の泣き声が、さらに大きくなった。

長い長い、健太の二年間が、やっと終わった。

ヒクッと喉を鳴らす音がして、飛島は隣に目をやった。
増山五郎が、ハンカチで顔を押さえていた。

虫あそび

レベル1、クリア——淳志《あつし》は口の中で小さく呟《つぶや》いた。

首筋に食い込んでいたリュックサックの肩ベルトを直しながら前方を見つめる。オーケーだ。最初の難関はクリアした。目指していたものが、あのオンボロ家だということに間違いはない。

もちろん、ニュースでは建物の姿なんか映さなかったし、住所だって正確な番地までは報道されなかった。〈坂根市川森町《さかねしかわもりちょう》にある木造住宅〉と言ってただけだ。詳しく言わなかったのは、たぶん、あれだ——個人情報だからだ。

川森までは豊上《とよかみ》団地入口からバス停三つの距離で、小学生なら片道八十円だ。でも、淳志はその距離を歩くことにした。直射日光が殺人的な真夏日に出歩くなんてヤバすぎるとも思ったが、自転車を壊されて乗れない状態なのだから仕方がない。実際に歩いてみると、川森までは二十分以上かかった。

歩いて節約できるのは往復の百六十円ではあるけれど、井関《いぜき》たちが菓子パン代を出せと言ってきたときのために、小遣いは少しでも残しておくべきだった。お金がないと言ったら、あいつらに何をされるかわからない。

帽子を被《かぶ》り直し、首に流れる汗を拭《ぬぐ》い、淳志はあらためて前方のボロ家を見つめた。

昔々の大昔から建っていた家に違いない。第二次世界大戦の前からあった家なのだとすれば、倒れないで残っていることだけでもすごいんじゃなかろうか。もちろん、いつ建てられた家なのかなんて、淳志は知らなかった。

瓦屋根《かわらやね》自体が大昔の感じだが、その瓦もあちこちが剝《は》がれ落ちているし、割れた破片の間からは背の高い雑草がわさわさと生えている。屋根から雑草が伸びているなんて、どうしたって普通じゃない。外壁はまんべんなくバーナーで焦げ目をつけたような燃《も》え止《さ》し色で、反《そ》り返った薄い杉板が干涸《ひか》らびた松ぼっくりの表面みたいに並んでいた。汚いガムテープがベタベタと貼《は》りつけられて、遙か昔に補修された痕跡《こんせき》のある窓ガラスは、泥を吹きつけたような分厚い埃《ほこり》で覆《おお》われている。

人間が住める場所には見えなかった。中に入ったら、そのままミイラになってポロポロと身体《からだ》が崩れ落ちてしまうのではないかとさえ思える。

リュックを肩から下ろしてガードレールに載せ、中からタオルを取り出した。顔全体と首筋、帽子の下でグショグショになっている髪も、ゴシゴシと拭う。Tシャツがべったりと背中に貼りついていて気持ちが悪かったが、こんな道端でシャツを脱ぐわけにはいかなかった。タオルは手に持ったまま、リュックだけを背負い直す。

ニュースで言っていた〈木造住宅〉があのボロ家だと淳志が確信したのは、道路に停《と》められているクルマと、それを遠巻きに眺《なが》めている人たちの存在だった。

ボロ家の前に、後部扉を撥《は》ね上げたままの小型のバンが停まっている。バンのサイドドアには〈害獣害虫駆除サービス　厚生労働省認可〉と書かれていた。

ニュースで言っていた言葉を、口の中で反芻《はんすう》してみる。

〈県環境保全課は、先月来、坂根市で異常発生している害虫の発生原因の調査結果を踏まえて、大掛かりな害虫駆除に乗り出しました〉

大掛かり――。

呟きながら、前方を眺めた。

道路脇《わき》に板状のコンクリートがズラリと並べられている。側溝の蓋《ふた》が外《はず》されているのだと気がついた。その排水溝をブルーの作業着姿の男が二人、あちらとこちらで覗《のぞ》き込んでいる。二人とも大きなマスクで顔を覆い、白いタンクを背負っている。タンクから伸びるノズルの先を側溝に突っ込んで白い蒸気を吹きつけていた。薬を撒《ま》いているのだ。作業を進めているのは、どうやらその二人だけだった。

その二人を、ブロック一つ隔てた向こうの歩道から、七、八人の女性たちが見物していた。みんな淳志の母親ぐらいのオバサンたちだ。申し合わせたように口と鼻をハンカチで押さえている。殺虫剤を吸い込みたくないなら、見物なんてしなければいいのに、と淳志は思った。

でも、これで、大掛かり?

なんだか拍子抜けした。

ひょっとしたら、この辺り一帯が封鎖され、宇宙服のような完全防備のスーツを着込んだ人たちが、巨大な毒虫たちと戦っているんじゃないか……なんてことを想像したりもしていたのだ。それが、あのおじさん二人だけ？

だって、ニュースでは、もっと大変なことが起こっているような言い方だったじゃないか。

〈これまでわかったところによりますと、益虫害虫を併《あわ》せると、異常に発生している虫の種類は百種を超え、一つの群れは数百匹あるいは数千匹の個体を数えるほどだということです〉

ふと思い出して、淳志はリュックの脇ポケットから手帳を引っ張り出した。何度もそのページを見返しているために、メモは一発で開く。

アカカミアリ、トビキバハリアリ、チャドクガ、マメハンミョウ、ツマグロヨコバイ、クロアシマダラブユ、セアカゴケグモ……テレビで読み上げられた害虫のほんの一部だ。必死になってメモを取ったが、全部書き取るのは無理だった。写真も紹介されていたが、どの名前の虫がどんな格好なのかはメモを取るのに夢中で、まるで見ていない。

ただ、中には日本にいなかった毒虫も含まれているらしく、大学の先生や県の偉い人が、大問題だと話していた。今回の騒ぎで、害虫の毒にやられて病院で手当を受けた人が三十人以上いる。触ると危ない虫もいるし、嚙《か》んだり刺したりするヤツもいる。腫《は》れて赤くなるだけのものもあるが、中には嚙まれた部分が痺《しび》れ、ひどい場合には死ぬことだってあるという。

だけど——と、淳志はタオルで首を拭《ふ》きながら、自分の周りを見渡した。

「………」

いなかった。

虫がいない。

〈坂根市川森町にある木造住宅に異常発生が集中していることから、県はこの住宅を立ち入り調査し原因を究明したいとしています〉

と、テレビのニュースは言った。その木造住宅が、このボロ家だろう。それ以外考えられない。

淳志の心積もりでは、害虫駆除が行なわれていたとしても、あれだけテレビで大騒ぎしているのだから、異常発生の中心から少し離れたところでも虫はたくさん見つかるだろうと思っていたのだ。

だから、リュックには昆虫採集のセットを入れてきた。去年の夏に買ったものだ。捕虫網は柄《え》が三本に分かれているのを組み立てて使う高級なヤツ。虫籠《むしかご》もオレンジ色の筒のような形をしていて、使わないときは折り畳んでしまっておける。万が一、採《と》った虫に刺されたりしたらヤバイから、虫刺されの薬や絆創膏《ばんそうこう》も持ってきた。

なのに、飛んでいる蝶《ちょう》や蛾《が》の姿などどこにも見えないし、地面を這《は》いずり回る蟻《あり》一匹いない。

そんなに威力があるんだ……。

淳志は、前方で作業を続けている男たちに目をやりながらタオルで顔を拭いた。

少しアテが外れた。害虫駆除の薬って、周囲から虫を消してしまうぐらいすごい力があるのか。

見ていると、作業着姿の二人は側溝の蓋を戻し始めた。蓋を戻し、ボロ家の玄関へ回ってガタガタと音を立てながら引き戸を開ける。

そのときだった——。

「だめーっ！」

子供の声が上がって、淳志はその方向へ目をやった。

そこに人がいたことに、淳志はまるで気づかなかった。見物のオバサンたちがいる歩道とは反対側の道端に、小さな女の子とお婆《ばあ》さんが立っていたのだ。女の子はお婆さんの手を振り解《ほど》いて道路に飛び出し、大声で叫びながらボロ家に向かって駆けていた。

「だめっていってるでしょ！」

男二人が戸口の前で女の子を振り返った。駆け寄ってくる女の子を制止するように男の一人が彼女のほうへ手を上げた。

その途端、男たちが背にしたボロ家の中から、虹色に光を放つ煙が吹き出した。

一瞬、男たちの姿が、その煙に包まれて見えなくなった。

「…………」

輝く煙が戸口の奥から流れ出て、空中に広がり消えていく。煙の正体が虫の群れだと気づいて、淳志は目を見開いた。

わあっ、と男たちが声を上げ、彼らは家の中へノズルの先を向け、薬剤を噴霧し始めた。

「やだぁ！」

駆け寄ろうとする女の子を、後ろからお婆さんが抱き取るように引き戻す。

二人の男は、薬剤を散布しながら土足で家の中へ入って行く。その二人に向かって、女の子が大声で泣き叫んでいた。その彼女を道路の真ん中でお婆さんがしっかりと抱きしめている。

見物人のオバサンたち数人が、女の子とお婆さんのほうにやって来ようとしているのが見えた。ただ、明らかに家の周囲を飛び交う羽虫の群れに足を竦《すく》ませているのがわかる。結局、オバサンたちは恐る恐る数メートルを移動しただけで、それ以上近づくことができなかった。

女の子の泣き声がさらに大きくなった。

ボロ家だけれど、彼女の住んでいる家なのだ。知らないおじさん二人が薬を撒きながら入って行った。それがショックなのは淳志にもよく理解できた。幼稚園か、保育園か。小学校にはまだ上がっていないだろう。泣くのが当たり前だ。

気がついて、淳志はリュックを下ろし、中から捕虫網を取り出した。三本に分かれている柄を組み立てて持ち直す。見回すと、群れから離れた羽虫たちがフラフラと石垣の傍《そば》を飛んでいた。

ゴクリとツバを飲み込み、その石垣へ忍び寄る。蝶なのか、蛾なのか、見極めもつかないまま、淳志は石垣をかすめるように網の先を振った。

「やった」

思わず声に出た。

白い網の中で、黄色っぽい蛾がもがいていた。一発で捕獲できるなんて、めったにない。もしかすると男たちが散布している薬剤にやられて、弱っているからかもしれなかった。

羽を壊してしまわないように、網の上からそっと黄色い翅《はね》を摘《つま》んでみる。蝶にも見えるが、これは蛾だ。名前はよくわからないけれど、明るい茶色の翅の真ん中に横線が入って枯れ葉のようにも見える。

その最初の獲物《えもの》を網の上から押さえながら、淳志はリュックを開け虫籠を取り出した。折り畳まれた虫籠を片手で苦労して開き、そっと蛾を入れる。蛾は、暴れることもなく、虫籠の底にしがみついた。

毒があるようには思えないが、念のために、蛾に触れた指先をペットボトルの水で洗い、タオルで拭いた。

「一匹、ゲット。レベル2、クリア」

もちろん、蛾の一匹ぐらいで喜んでいてはだめだ。

淳志は目を上げ、周囲を見回した。空の高いところを数匹の羽虫が飛んでいたが、捕虫網では届きそうにない。

目を移すと、女の子とお婆さんは道路の反対側へ寄って抱き合っていた。男たちの姿は見えず、開け放ったままの戸口からは、もう虹色の煙も見えなかった。

‡

井関直樹《なおき》と満本仁《みつもとひとし》が淳志をターゲットにするようになったのは、四年の三学期からだった。その原因がなんだったのか、どうして自分がターゲットに選ばれたのか、淳志にもわからない。

五年生に上がるとき、クラス替えで別の組になることを期待したが、その願いは叶《かな》えられなかった。担任の先生に、井関や満本と違うクラスにしてほしいと訴えれば、そうしてもらえるだろうかと、考えたこともある。ただ無理だということは最初からわかっていたし、かえって事態を悪化させることも予想できた。

以前、イジメられていると訴えた真木彩芽《まきあやめ》は、先生に言ったことで最悪な結果を招くことになった。先生は、彩芽の話を聞き、それを学級会のテーマにして話し合いをさせたのだ。

「イジメに遭《あ》っていると決めつける前に、自分に反省すべきところがないか、考えることも大切だと思うよ。相手はイジメているつもりなんて、ぜんぜんないかもしれないからね」

と、先生は言ったのだ。彩芽にしてみたら、地獄だっただろう。学級会の後、彼女へのイジメは、さらにひどくなった。

親も訴えたようだけれど、「イジメが行なわれているとは考えられない」というのが学校側の結論だった。

その結果、彩芽は学校に来なくなり、最終的には他校へ転校していった。

だから淳志は、井関や満本のことを誰にも言わなかった。言わなくても、クラスのみんなは淳志がターゲットにされていることを知っている。でも、全員が気がついていないフリをしていた。騒ぎ立てれば、次に自分がターゲットにされるとわかっているからだ。

最初は、キャッチボールの手が滑ったような格好でボールをぶつけられたり、足を引っかけられて転ばされたりといった程度だったが、井関たちの行動は次第にエスカレートしていった。

「よう、奥村《おくむら》、パン代を忘れた。貸してくれよ。明日《あした》返すからさ」

返してくれたことなど、一度もなかった。そのうち、井関も満本も、貸せとさえ言わなくなった。当然のように「いくらもってんだ、出せよ、カネ」と言うようになった。

両側から二人に挟まれれば、逃げることもできないし、逃げたりしたら、捕まえられてさらにひどい結果になるのがわかっていた。

「いい自転車だな、奥村」

夏休みが迫ったあの日、井関と満本が近づいてくるのが見えて、淳志は慌《あわ》てて自転車から飛び降りた。自転車ごとひっくり返されたら、怪我《けが》をすると思ったからだ。でも、後でぶん殴《なぐ》られたとしても、そのまま逃げればよかったのだと淳志は悔やんだ。

「乗せろよ」

満本に言われて、淳志は小さく首を振った。言葉は出なかった。井関が淳志を押し退《の》けた。満本に羽交《はが》い締《じ》めにされ、その間に井関が淳志の自転車に跨《また》がった。

「…………」

井関は、勢いをつけ工場の塀をめがけて自転車を突進させた。塀に激突する直前、彼は自転車から飛び降りた。淳志の自転車は、そのまま塀にぶつかり、満本がそれを見て笑いながら手を叩《たた》いた。

呆然《ぼうぜん》と見ている淳志のほうを振り返り、井関が声を上げた。

「ばかやろう！　ちゃんと手入れしてないから、事故になるとこだったじゃねえかよ。怪我したらどうすんだ。ふざけんなよ、こんな自転車に乗せやがってよ」

言いながら、井関は工場の塀にぶつかって倒れている自転車を起こし、さらに勢いをつけて壁に叩きつける。

満本が「イエーッ！」と声を上げながら井関のほうへ走って行った。

二人が交代で自転車を塀にぶつけ、さらに街路樹の根元に転がっていた大きな石を持ち上げて、自転車を壊し始めた。

「ふざけんじゃねえぞ、奥村。不良品の自転車なんて他人《ひと》に貸したりすんなよな」

言い残し、二人は散々傷めつけた自転車をそのままに、笑いながら去って行った。

「………」

坂を下り、工場の塀の前で無惨な状態になっている自分の自転車を見下ろした。声も出なかった。前輪がひしゃげ、スポークが三本折れていた。ハンドルもサドルもペダルも傷つき歪《いびつ》に曲がっている。ねじ曲がってしまった自転車を引き起こしてみたが、押してもうまく転がってくれない。両手で抱えるようにして、淳志はグチャグチャにされた自転車を家まで持ち帰った。

井関たちに壊されたと言うことができず、親には自分でやったと嘘《うそ》をついた。当然のことだが、ひどく叱《しか》られた。代わりの自転車など買ってあげないし、直したければ自分で修理しなさいと言われた。

部屋へ入り、机の前に座って、淳志は泣いた。悔しくて、悔しくて、涙が止まらなかった。自分のこれからの一生を考えて、絶望的になった。

ずっと、こうなのだ、と淳志は思った。

ぼくは、一生、我慢するだけの人間なのだ。井関や満本みたいなヤツは、どんどん出世して偉くなっていく。悪は滅びない。ハッピーエンドのテレビドラマが嘘っぱちなのは、誰だって知っている。ぼくのような人間は、井関みたいな連中の言いなりになって、ずっとビクビクしていなきゃならないのだ。

それが、奥村淳志なのだ。

そして、最悪の夏休みが始まった――。

乗り回す自転車もない夏休み。だけど、この休みは終わってほしくなかった。井関たちのいる学校になんて、行きたくなかった。ずっと、ずっと、夏休みが続いてくれたらいい。

ところが、思ってもいないところから、いきなり事態が好転した。

川森町で虫が異常発生しているというニュースをテレビで観《み》たのが昨日《きのう》の夜だった。そのニュースに、淳志は、激しく動揺した。心臓のドキドキが治まらなくなり、呼吸も荒くなった。

ひとつの記憶が、ニュースに引き摺《ず》られるようにして淳志の中で甦《よみがえ》ったからだ。

「やめろ！　ばかやろう」

井関が悲鳴に似た声を上げたのは、一学期が始まってまもなくのことだった。

桜の木にくっついていた黒い毛虫を、峯田達也《みねだたつや》が教室に持ってきたのだ。みんなによく見えるように持ち上げた峯田の手が、偶然、井関の肩にぶつかった。毛虫が峯田の手からこぼれ落ち、井関のズボンにペタリと貼りついた。それが井関のパニックを引き起こした。

悲鳴を上げて井関は毛虫を払い落とし、教室の反対側まで逃げ去った。事態が落ち着いた後、井関は峯田をボコボコにした。峯田は唇を切り、右眼《みぎめ》は開かなくなるほどに腫れ上がった。

井関が極度に虫を嫌っているのを、クラスの全員が知ることになったのは、そのときだった。

「ちっちぇえ毛虫じゃん」

と、笑った満本までが殴られたのだ。

井関が苦手なのは毛虫だけではなかった。注意して見ていると、井関は虫がいそうな木や草花には近寄らないようにしているのが感じられた。蟻でも、甲虫でも、きれいな蝶でさえ、明らかに井関は避けていた。


虫が異常発生——。

ニュースが告げる言葉を、淳志は必死でメモした。動悸《どうき》が激しく、メモを取る指が震えていた。

自分の部屋へ戻ると、ベッドの下に押し込んだままになっている昆虫採集のセットを引っ張り出した。去年、小遣いをはたいて買ったものだ。

虫が好きだったわけではない。知識があったわけでもない。ただ『ファーブル昆虫記』を読んで、なんとなく衝動的に買ってしまっただけだった。

神社や河原に行って、虫を追いかけた。いろんな虫を捕まえては、図鑑でその虫のことを調べたりしてみたが、興味は長続きしなかった。自分にはアンリ・ファーブルのような才能がないのだと悟り、昆虫採集は四、五回やってみただけで淳志の中のブームが去った。二千五百円もした昆虫採集セットは、ベッドの下に押し込まれることになった。

ほぼ一年ぶりに、淳志はその道具を床に広げた。

虫を目の前にして震え上がっている井関を想像した。一匹や二匹ではない。十匹二十匹もの虫が、ゾロゾロと自分に近づいてくる。小さな毛虫でさえパニックを起こしたのだ。そんなことになったら、井関のヤツ、頭がおかしくなってしまうのではなかろうか。

楽しかった。

想像しただけで笑い出したくなった。

峯田達也はボコボコにされたけれど、バレないようなやりかたをすればいいのだ。下《げ》駄《た》箱《ばこ》の上履きの中か、机の中——そう、机に入れっぱなしにされている道具箱の中がいい。そこを開けた途端、蝶や蛾が飛び出し、カメムシだの蜘蛛《くも》だのがゴソゴソと這い出してくる。

井関は泡を吹いて気絶してしまうかもしれない。もう、二度と学校に来なくなるかもしれない。そうなったら、大成功だ。

いや……。

淳志は、テレビのニュースで仕入れたメモを取り出した。川森町で発見された毒虫の名前の一部が並んでいる。病院で手当を受けた人が三十人以上。ひどい場合には死ぬことだってあるような毒を持った虫たち。

もし……と、淳志は想像した。

井関が虫に噛まれて死んだとしたら、この先、ヤツの暴力を受ける人間はいなくなる。満本は井関にくっついて回っているだけだ。井関がいなければ、あいつは何もできない。

そう。

もしかすれば、井関は死んでしまうかもしれないのだ。

淳志は大きく息を吸い込んだ。

もしそれで、井関が死んだら……殺人になるのだろうか？

井関の机に虫を忍ばせたのが自分だとわかったら、警察に逮捕されてしまうだろうか。

いや、机に虫を仕込んでいるところを見つからなければいいのだ。虫なんて、どこにでもいる。川森で異常発生した虫が、学校まで飛んできただけだ。バス停三つぐらいの距離など、虫にとってはたいしたものじゃない。羽を持ってるんだ、ヤツらは。

荒い呼吸を整え、淳志は床から立ち上がった。

「オーケー、オーケー」

小さく口に出して言い、何度も自分に頷《うなず》いた。

‡

初日は、結局、蛾を一匹捕らえただけで終わってしまったため、淳志は翌日、もう一度川森へ出掛けた。

アカジママドガというのが、昨日捕獲した蛾だということを、図鑑で調べて知った。

薄茶色の翅を広げると、真ん中に横線が走っているのが特徴だ。日本中のどこにでもいる蛾らしい。図鑑で調べた限りでは、毒は持っていなかった。

一匹でも井関にショックを与えられるとはわかっていたが、最低でも十匹はほしい。多ければ多いほど、井関が味わう恐怖は大きくなる。だから、何十匹も採集できればいいのだが、淳志の捕獲技術はタカがしれていた。十匹だってかなり頑張らなければ達成は難しい。

それに、問題なのは、夏休み中の登校日が明日に迫っているということだった。できれば、登校日にすべての決着をつけたい。二学期に持ち越したくなかったし、だからといって井関の自宅に虫を仕掛けても効果はあまり期待できない。井関を痛めつけるのは、クラスのみんなが見ているところじゃなきゃだめだ。そうでないとダメージも半減してしまう。実行するのは、学校でなくては意味がないのだ。

だから、急ぐ必要があった。

やはり今日《きょう》も真夏日だった。

リュックを背負って二十分以上の道を歩くだけで、身体中がグツグツと沸騰《ふっとう》してしまいそうだ。

「………」

ボロ家の前までやってきて、淳志は周囲を見渡した。

なんとなく、昨日と印象が違っていた。

害虫駆除のバンは停まっていないし、それを見物するオバサンたちの姿も見えない。だからなのかと思ったが、どうもそれだけではない。

ボロ家の壁に目をやり、ギクリとして淳志は背筋を伸ばした。壁のいたるところに羽虫が止まっていた。色とりどりの蝶、大きく羽を広げた蛾、カミキリムシやコガネムシなどの甲虫、ビーズのように固まっているテントウムシなど、淳志でも恐怖を感じるほど集まってきていた。

あんなに殺虫剤を撒いていたのに……。

昨日だ。害虫駆除のおじさんたちが薬を撒いていたのは、昨日だ。

なのに。

そして、淳志は、頭を上げた。

「――――」

蟬《せみ》の声が、あたりを埋め尽くしていた。そのことに、今、気がついた。そして、昨日は、この蟬の声をまったく聞かなかったことにも、ようやく思い至った。

異常発生……こういうことなんだ。

気がついて淳志は背中のリュックを下ろし、捕虫網と虫籠を取り出した。急いでセットを組み立てる。

思っていたよりも大量の収獲がありそうだった。このボロ家の壁だけだって数十匹もの虫がへばりついているのだ。採り放題じゃないか。

淳志は、ゆっくりとボロ家に近づくと、静かにそっと網を壁の上に被せた。ただそれだけのことで、蝶と蛾を一匹ずつと、コガネムシとテントウムシをそれぞれ二匹、網の中に閉じ込めることができた。

いささか気持ちが悪いが、その捕獲した虫たちを虫籠へ移す。

「だめっ」

そのとき、小さい声がした。

「いじめちゃだめ」

え……と、淳志は周囲を見回した。道路に人の姿はない。声は、すぐ傍《そば》から聞こえたように思えた。子供の声だ、女の子の声。

あ、と気がついて、淳志は目の前のボロ家に目をやった。

「…………」

ガタガタと音を立てて、脇の引き戸が開いた。

「危ない虫もいるからね」と言いながらお婆さんが家の前に出てきた。「気をつけんと、痛くするよ」

淳志は、思わずツバを飲み込んだ。

「あ、ごめんなさい」

つい、謝っていた。

「刺したり、噛んだりするヤツもいよるし、蛾の翅の粉が眼に入ったりすると大変よ」

「……はい」

万引きはしたことがないが、見つかるとこんな感じなのではないかと思った。鼓動が苦しいほど胸を叩いている。汗が、額《ひたい》から首筋に向かって流れ落ちた。

ふと、お婆さんの足にしがみつくようにして、小さな女の子が淳志を見上げているのに気づいた。

クリクリと大きな眼が、淳志を睨《にら》みつけている。

「すいません。ええと、虫を……」

お婆さんが首を振るのと同時に、女の子が声を上げた。

「いじめちゃだめっ」

睨みつける女の子の頭を、お婆さんが撫《な》でた。

「みさき、このお兄ちゃんは、夏休みの宿題をしに来たのよ」

リュックの肩ベルトに挟んでいたタオルを引っ張り出し、淳志はそれを首にかけた。顎《あご》からしたたり落ちる汗を、拭い取る。

「ええと……奥村淳志。豊上小五年一組。壁に虫がたくさんいたので、採りました。ごめんなさい」

お婆さんが、いいえ、と首を振るのに、被せるようにして、また女の子が声を上げた。

「だめよっ」

淳志は、お婆さんと女の子を見比べた。身体を屈《かが》めてしゃがみ込み、彼女と目の高さを合わせた。

「みさきちゃんっていうの？」

訊《き》くと、女の子は淳志を睨んだまま頷いた。

「虫、採ったら、だめ？」

ぷるぷると、みさきは頭を振った。

「おともだち」

「お友だち……虫が？」

うん、とみさきが頷く。

「そうなんだ」

「虫が大好きな子なのよ」とお婆さんが言った。「変わってるでしょ」

そのとき、背後に人の気配がした。お婆さんの視線を辿《たど》って振り返ると、男の人が二人、女の人が二人、道路を挟んで向こう側の歩道に立っていた。

「下畑《しもはた》さん」と女性の一人が呼んだ。「ちょっとお話を、いいかしら？　そちらに行けないので、すいませんけど、こっちに」

ああ、はいはい、とお婆さんは会釈《えしやく》を返し、ごめんなさいね、と言いながら淳志の脇を通って道路へ出て行った。

見ていると、四人はお婆さんに挨拶《あいさつ》し、深刻な表情で話を始めた。「そちらに行けないので」と女の人が言った意味は、淳志にも理解できた。彼らも虫が厭《いや》なのだ。

「にがして」

みさきが言って、淳志は視線を戻した。

「なに？」

「とっちゃだめ。にがして」

ああ、と淳志は虫籠に目をやった。

「ぼくも、虫が好きだから、連れて帰りたいんだよ」

「ろうやにいれたらだめ」

「ろうや……」

ああ、そうか、と納得した。牢屋《ろうや》か。

せっかく採ったのに、と思いながらも、淳志は虫籠の口を開けた。

すると、その途端、中の虫たちは一斉にそこから飛び出し、六匹が揃《そろ》ってみさきの胸に止まったのだ。さらに驚いたことに、虫たちは、そのタイミングを合わせたように、みさきの胸元から飛び立ち、家の中へ吸い込まれていった。

なんだか、まるで、それぞれが救い出してくれたみさきに礼を言って飛び去ったように見えた。

そして、淳志は、その家の中の光景に息を止めた。

「…………」

目が慣れてくると、暗い家の中の様子が見渡せた。そこは、虫だらけの世界だった。ボロ家の中は、床も、壁も、天井も、様々な虫で覆い尽くされていたのだ。外壁にへばりついていた虫の数など、比べものにならなかった。それこそ隙間《すきま》なく、重なり合って虫が蠢《うごめ》いている。虫たちの動き回る音は、高く響き低く這うようにして、まるで押し寄せる潮騒《しおさい》のように耳を覆う。

「はいっていいよ」

みさきが言った。そのまま、ずんずんと家の中へ入っていく。不思議なことに、普通に歩いているのに、みさきに踏み潰《つぶ》される虫が一匹もいない。彼女が足を踏み出すと、潮が引くように虫が床の表面から退却する。

うそだ……。

信じられなかった。

夢でも見ているみたいだ。

「しめて。はいんな」

また、みさきが言う。

淳志は、小さく首を振った。なんだか息を吸い込むことすら難しい。

「無理だよ。踏んじゃうよ」

「だいじょぶ。こわい？　どかすから」

みさきは、歯の間からシューッという音を立て、床の虫たちの上へ手を伸ばした。

「…………」

一瞬、淳志の前に土間と低い上《あが》り框《がまち》と、そしてその向こうに板の間の床が姿を現わした。まるでサバンナに群棲《ぐんせい》している鳥たちが銃声に驚いて飛び立ったような感じだった。

淳志は、またツバを飲み込んだ。

怖い。さすがにこれは怖い。合図なのか、命令なのか、みさきが放ったシューッという音で、虫たちは淳志が通るための道を開けた。でも、それは床の一部だけで、それ以外は虫で埋め尽くされているのだ。

「くればいいのに。だいじょぶだよ」

みさきが淳志を呼ぶ。

淳志は一瞬眼を閉じた。

えいっ、と肚《はら》に力を入れる。

不安な気持ちのまま引き戸を閉め、土間に足を踏み出した。板の間へ上がるような勇気はやはりなく、おっかなびっくり上り框へ腰を下ろした。

「ど……どうして、こんなに、虫だらけなの？」

みさきは淳志のところまで戻ってくると、並んで腰を下ろした。

みさきと淳志の座っている半径一メートルぐらいが、虫との境界線だった。内側には虫がいないが、その向こうはまるでアドベンチャー映画の一シーンのような光景が広がっている。

一瞬、井関直樹をここに座らせることを想像した。毒虫などでなくても、井関はショック死してしまうのではないか。

「おともだちだから」

「みさきちゃんのお友だち」

「みんなだいすき、いっしょにいる」

疑問に思っていたことを訊いてみた。

「この、お友だちは、みさきちゃんが呼んだの？　それとも、この家に、前からお友だちが住んでたの？」

「みさき、いるからみんなきてくれる」

「……呼んだんだ」

「よばないでも、きちゃう」

「昨日さ、虫を退治するおじさんたちが来てたよね」

みさきが顔をしかめた。

「あのおじさんたち、きらい」

「でもさ、昨日はあんまり虫さんたち、いなかったよ」

「あぶないから、にげてっていったから」

「……みさきちゃんが、虫さんに危ないって教えてあげたんだ」

「みんなにげたけど、にげらんなかったヒトたちがのこってた」

害虫駆除の男たちに、泣き叫びながら駆け寄っていったみさきの姿を思い出した。虫たちは、男たちがみさきに気を取られた一瞬の隙をついて逃げ出した。それが、淳志には虹色の煙のように見えた。

「みさきちゃんって、いつも虫さんたちと一緒なの？」

「いつもじゃない。あんましきてもらえないのもある」

「どういうとき？」

「ふゆだと、じめんのしたでねてたり、まだあかちゃんだったりするからでしょ」

「ああ、そうか。そうだね」

さて、どうしようか……。

と、淳志は首のタオルで顔を拭いた。

周りは、数千匹か、下手《へた》をすると数万匹の昆虫で埋め尽くされているというのに、みさきの前で捕虫網を振り回すことはできなかった。ここを離れてから採集するしかない。

それも、なんだかおかしい気がした。

「虫さんたちを、呼ぶ方法って、なんかあるの？」

「どゆこと？」

「どこかお出かけして、そこで虫さんを呼ぶようなとき」

みさきは、ひょいと首を傾《かし》げた。

「たとえばさ、みさきちゃんのいないとこで、虫さんを呼びたいってとき、なにか方法があるのかなって、思ったんだ」

「えっと、わかんないけど、ぺっぺするとよってくるってこと？」

「ぺっぺ？」

みさきが淳志を見上げ、ニコッと笑ってみせた。

「ばあばにいったらおこるから、ないしょね」

うん、と頷くと、みさきは土間のほうへ向かって、また歯の間からシューッと音を出した。あたりの虫が、一斉に移動し、土間の土を露出させた。

その土間に、みさきはいきなり、ピュッとツバを吐いた。

「………」

みさきのツバが落ちたところに、一斉に虫が飛び込んで来た。周囲にいた虫たちが、次々に集まってくる。驚いたことに、十秒もしないうちに、そこにはサッカーボールほどの大きさの虫の塊《かたまり》ができていた。さらにその周りを、わんわんと音を立てながら羽虫の群れが旋回している。

「すげえ……」

みさきは、ニコニコと笑いながら、またシューッと音を出した。狂ったように飛び回っている羽虫は飛び去り、サッカーボール大の虫玉は、テニスボールぐらいに縮まった。

「みさき、ぺっぺしたら、みんなくる。みさきどっかいっても、ずっといるんだって」

「……みさきちゃんがいなくなっても、ぺっぺしたところは虫さんが集まってるの？」

うん、とみさきは頷いた。

「よくわかんないけどね、まえね、みさきぺっぺしたらね」

「うん」

「なんにちも、むしさんたちがあつまってたんだって」

何日も……。

淳志は、深呼吸を繰り返した。

みさきから土間に目を戻す。テニスボールほどに小さくなっていた虫玉が、また少し大きく膨《ふく》らんできていた。

淳志は、タオルで顔を拭ってから、背中のリュックを膝《ひざ》の上に下ろした。口を開け、昆虫採集セットの中から、チャック付きのポリ袋と、四センチ×四センチのカット綿を取り出した。

「みさきちゃん、お願いがあるんだけどさ、いいかな」

「いいよ」

「この綿に、ぺっぺしてくれる？　ぼくも帰ってから虫さんを呼んでみたいんだ」

うん、とみさきが大きくコックリした。

彼女にカット綿を渡し、淳志はポリ袋の口を開けて待機する。みさきは、渡されたカット綿に口をつけ、二度三度とツバを吐き出した。

「はい」

みさきからカット綿を受け取った瞬間、周囲の虫たちが一斉に淳志の手許《てもと》めがけて飛んできた。

わわっ、と声を上げながら、ツバがついているほうを内側に折り畳み、ポリ袋に突っ込んで口を密封した。ポリ袋と淳志の手が、虫だらけだった。みさきの真似《まね》をして、歯の間から息を吐き出しシューーッと音を立ててみる。みさきほどの効果はなかった。ポリ袋を昆虫採集セットのプラスチックケースに収め、さらにそれをリュックに戻し入れたとき、淳志は息を止めながら両眼を閉じていた。

‡

翌日の登校日、淳志は早めに家を出た。

学級委員の連中は、たぶんみんなよりも十五分ぐらい早く来るだろう。その委員よりも早く教室に入る必要があった。

だから、淳志は七時半に学校の通用門を潜《くぐ》った。思っていた通り、五年一組の教室にはまだ誰もいなかった。

「………」

心臓が爆発するような勢いで打っている。井関直樹の机は教壇から一番遠い最後列だ。さらに、窓際。授業中のほとんどを、井関はそこで漫画を読んで過ごす。

机の中を覗き、道具箱を確認した。そっと、そのプラスチック製の青い箱を引き出す。蓋もなく整理もされていない道具箱の中身を、淳志は顔をしかめて眺めた。奥に絵の具のセットが突っ込んであった。筆もパレットも洗いもせずに放り込まれた状態だから、絵の具がついたままガチガチになっている。

折り畳み式のジャバラ筆洗に目をとめた。ここにしよう、と決めた。

手提《てさ》げバッグの中から、二重に封をしたポリ袋を取り出す。もちろん、中身はみさきのツバを染《し》み込ませたカット綿だ。

周囲を見回した。ここから先は、あまり時間をかけられない。誰かが来たらヤバイということもあるが、カット綿は空気に触れた瞬間から虫を呼び始める。自分までが虫まみれになるのは厭だった。

昆虫採集セットに入っていたピンセットを手に持ち、ポリ袋の口を開ける。外袋を開け、内袋を取り出した。内袋を開けてピンセットで中のカット綿を引っ張り出した。

教室の向こうから羽音が聞こえ、いきなり綿の上に三ミリほどの黒く小さなナトビハムシがへばりついた。プーンという羽音は、途切れることなくあちこちから聞こえてくる。

慌てて、淳志はピンセットで挟んだカット綿を井関の筆洗に突っ込んだ。カナブンと、ショウジョウバエが綿にむしゃぶりついてきた。

道具箱を机に戻し、一番奥まで押し込んでいる間も、次々に羽虫がやって来る。見ると、淳志が手にしているポリ袋のほうにも、米粒ほどの大きさのカメムシが止まっていた。そいつを振り払い、ピンセットと一緒に一回り大きなビニール袋に放り込み、口をしっかり結んで閉じた。

すごい……。

教室の中にも、こんなに虫がいたんだ。

様々な虫たちが、井関の机に飛び込んでいく。淳志は、ブルッと身体を震わせた。

周囲を見回し、手提げバッグを胸に抱えるようにして、淳志は教室を出た。誰とも出くわさないことを願いながら、北階段を駆け下りた。

‡

今まで、万引きはもちろんのこと、喧嘩《けんか》をふっかけるような真似だってしたことはない。でも、これは完全に犯罪者の心境だった。恐ろしくて仕方がない。

いや、犯罪なんだと、淳志は思った。

学校はオープンな場だし、児童なら自由に出入りができて、教室や体育館を使うことが許されている。でも、机の中は個人の領域だった。

立場を変えてみればわかる。誰か他人が断りもなく、淳志の机の中を覗いたり、道具箱の中身をいじくり回していたら、絶対にいい気持ちはしない。それは、他人《ひと》の家に空き巣に入り、勝手に冷蔵庫やタンスを開けるのと同じことなのだ。

たとえ相手が井関のようなひどいヤツだったとしても、やっていいということにはならない。

井関や満本は、暴力をふるい、淳志が抵抗しないのをいいことに厭がらせを繰り返す。カネを脅し取り、自転車を壊した。

でも、だから、机の中をいじくり回していいということにはならない。それは、別のことなのだ。

誰もいない朝の教室に忍び込み、井関の机の中にカット綿を仕掛けてみて、淳志は初めてそのことに気づいた。

淳志は、いったん学校を出た。公園へ行き、そこで登校時刻になるまで時間を潰した。最初にしたのは、公園のゴミ箱にポリ袋とピンセットを捨てることだった。証拠《ショーコ》湮滅《インメツ》という言葉が、耳の奥で響いた。

ブランコに乗ることもなく、淳志は時計塔の下のベンチに腰を下ろし、開門時間が過ぎるのを待った。理由はよく知らないが、淳志が三年生のとき、学校はチャイムを鳴らすのをやめた。それからは、休み時間もしょっちゅう自分たちで時計を確認しなければならなくなった。

五年二組の女子が二人、公園の中を突っ切って学校のほうへ歩いて行った。彼女たちが不思議そうな顔でベンチの淳志を見ながら通り過ぎたのが、また少し恐怖心を大きくした。

腰を上げ、ぐずぐずと重い足を引き摺《ず》るようにして、淳志は再び学校へ向かった。

教室に入った途端、五年一組が妙な雰囲気になっていることに気づいた。

「なんで、こんなに虫がいるの？」

その女子の言葉通り、教室の中を何匹かの昆虫が飛び回っている。

淳志は、つい井関の机に目をやった。見たところ、他の机の様子とさほどの違いは感じられなかった。ほんの少しだけ安心した。

「休みの間、窓とか開けっ放しだったたんじゃねえの？」

男子が声を上げた。

「虫の異常発生って、こっちでもなのかなあ」

「害虫もあんだろ？　毒持ったヤツ。刺されたらヤバイよ」

「どうでもいいよ。暑いよ、がっこ。職員室だけエアコンって、きたなくね？」

淳志は、彼らの騒ぎに加わらず、自分の席に座って、手提げバッグの中を整理しているふうを装っていた。なんだか、逃げ出したくて仕方なかった。

気になってしょうがなかったが、井関はまだ登校してきていなかった。満本の姿もない。

いっそのこと二人とも休んでくれればいい、と淳志は思った。矛盾していると自分でも思うが、それが正直な気持ちだった。ただ、出席率に限れば、井関や満本のそれは異常と言えるほど高かった。遅刻は何度もあるようだが、欠席したのを見たことがない。

その井関と満本が教室に飛び込んで来たのは、柴田《しばた》先生が現われたのとほとんど同時だった。

「起立！」

と学級委員の声に合わせるようにして、教室後方の戸がバタバタと開き、井関たちが滑り込んできた。

「礼！　着席！」

柴田先生は教室を見渡し、自分の前を飛んでいるハエを追い払いながら、クラスに笑いかけた。

「久しぶりだ。みんな、元気か？　今日は、八月の六日、何の日かわかるか？」

誰かが「ハムの日！」と声を上げ、笑い声が立った。

「原爆記念日だ。日本にとって、そして世界にとって大切な日だ……」

と、その先生の言葉を遮《さえぎ》るように「ギャーア！」という悲鳴と、机が倒れる派手な音が教室に響き渡った。

ギクリとして、淳志は後ろを振り返った。淳志だけではない。クラス全員が最後列窓際の席を凝視した。

「井関！　おまえ、何を――」

柴田先生が言葉を呑《の》んだ。

クラス中の児童と教師が、教室の後ろに信じられない光景を目撃した。砂嵐《すなあらし》を見ているようだった。井関の机があった場所に、真っ黒な砂嵐が渦を巻いていた。

渦の正体が夥《おびただ》しい数の昆虫の群れだとわかって、クラスは騒然となった。行動の早い誰かが戸を開け、数人が教室を飛び出した。

「窓を開けろ！」

叫ぶように声を上げながら、柴田先生が校庭側の窓に取りつく。前方の窓が開放されると、それが逆に事態を悪化させることになった。虫は窓から飛び出すどころか、開放された教室へ侵入してくる昆虫たちが渦巻く群れをさらに膨張させたのだ。

淳志は、自分が震えていることに気づいた。必死に抑えつけても、全身の震えが治まらない。

震えながら、虫の大渦巻きに目を凝《こ》らした。渦は次第に下降し、凝縮されて巨大な山を作り始めていた。その虫の塊の下には、倒れた机と椅子《いす》と、そして井関の身体がある。

先ほどまで、喚《わめ》き続ける井関の声が聞こえていたのに、今はその声が聞こえない。わんわんと唸《うな》りを上げ続けている虫たちの羽音に掻《か》き消されてしまっているのか、それとも……。

淳志は、泣き出したい気持ちを必死で抑えつけた。

誰もが——先生でさえ、教室の後ろへ行くことができなかった。教室に残っている全員が教壇のあたりに固まり、後方の光景に目を奪われている。

騒ぎを聞きつけて覗きに来た五年二組の松波《まつなみ》先生が、甲高《かんだか》い悲鳴を上げた。

「松波先生！　誰か、呼んでください。警察を……いや、消防を、その、だれか」

柴田先生の声も上擦《うわず》ってしまっている。

「………」

淳志は、大きく呼吸を繰り返した。

息ができない。

後悔していた。こんなことになるなんて、想像もしていなかった。

ガクガクと震えの止まらない身体を抑えつけるようにして、淳志はそろそろと足を踏み出した。一歩ずつ、床を確かめるように進む。

「おい！　奥村！」

柴田先生が後ろで声を上げた。それにかまわず、淳志は教室の後ろへ自分自身を向かわせる。

——だいじょぶだよ。

みさきの声が、耳の奥に甦った。

気がついて、淳志は歯の間から空気を吹き出し、シューッと音を立ててみた。それができるのはみさきだけなのかもしれない。普通の人間がいくらこんな音を出してみたところで、虫の群れをコントロールすることなどできないのかもしれない。

でも、今の淳志には、それ以外の手段がなかった。

かろうじてシューッという音だけは出せる。井関、と声をかけようと思っても、喉元《のどもと》を押し上げる何かが淳志の声を奪っていた。

とてつもない恐怖だった。

前方に、ゴワゴワと蠢き続ける虫の塊がある。イルカのような形に山を作っていた。向かって行くには、大きすぎる。気が遠くなりそうだ。

虫たちは、時折、塊を破裂させるようにバッと宙に広がり、そしてまた元に戻る。その都度、何台ものバイクが一斉にエンジンを吹かしたような音を立てた。

一歩、また一歩、淳志は虫の塊に近づいて行った。歯の間からは、ずっと音を立て続けている。

一メートルほどの距離まで近づくと、虫の山が風を吹き出しているのに気づいた。熱を帯びて異臭を放つドライヤーのような風だ。

吐き気がした。臭《にお》いが胃袋を押し上げる。

「井関……」

ようやく小さな声が出た。

虫の塊の端に、ゴム底の上履きが見えていた。痙攣《けいれん》するように、びくんびくんと上履きが動いている。

淳志は、ぎゅっと口を閉じ、息を止めて井関の足首に手をかけた。その足首を思い切り引っ張った。ズルズルと井関の足が姿を現わす。同時に、虫の塊が四倍ほどの大きさに膨らんだ。淳志の身体も、虫の大群に包まれる。

ワーッと声を上げながら、淳志は夢中で井関の身体を引き摺り続けた。

「………」

仰向《あおむ》けに倒れている井関の顔が虫山の外に現われた。眼を見開き、口も大きく開けていた。その口に何匹かのシデムシが潜り込んでいるのを見て、淳志は吐き気を堪《こら》えながらその口に指を突っ込み、虫を掻き出した。

足首を持ち直し、一気に廊下へ引っ張り出した。その間中、井関の身体は痙攣を続けていた。そのときになってようやく、柴田先生が淳志のところへ駆けつけてきた。

淳志は、自分の頰《ほほ》が涙で濡《ぬ》れていることに気づいた。

‡

翌日、淳志はまた川森へ出掛けた。

「………」

ボロ家の前に、軽トラックが一台停まっていた。男の人が二人がかりで、荷台にタンスを載せている。

あ、と声がしてそちらに目をやると、淳志を見つけたみさきがトラックの蔭《かげ》から駆け寄ってきた。

歩道にしゃがみ込み、走り寄ってきたみさきを抱き取った。彼女の髪にも顔にも身体中のいたるところに羽虫がへばりついてとまっている。

「おひっこし」

訊《たず》ねる前に、みさきが言った。

「お引っ越し……」

オウム返しに言うと、そこへお婆さんがやってきた。手拭いで額を押さえ汗を取ると、淳志に笑いかけた。

「せっかく、みさきのお友達になってもらったのに、残念だけどねえ」

お婆さんを見上げながら、淳志は首を傾《かし》げた。みさきは、しっかりと淳志の手を握っている。

「引っ越すんですか？」

うんうん、と言うようにお婆さんはトラックのほうへ視線を戻した。荷台に冷蔵庫が積み込まれるところだった。古くて小さな冷蔵庫だ。

「坂根市の市役所と県のほうから立ち退くように……引っ越しをするように言われたの」

「市役所と県が？」

「虫のことをいろいろ調べたいらしいのね」

「ああ……」

お婆さんは言い直したが「立ち退き」の意味ぐらい、淳志にもわかる。

「たぶん取り壊して、新しい何か、建てるんでしょう」

「引っ越しって、遠いんですか？」

今度はお婆さんのほうが首を傾げた。

「県のほうで探してくれるんだって。見つかるまで、ホテルを用意してくれるって言うから」

お婆さんの言葉からは、虫の異常発生の原因がみさきだとは、県も市も考えていない様子だった。それがせめてもの救いだ。

「あ、そうだ」

思い出して、淳志は背中のリュックを下ろし、中からビスケットの袋を取り出した。

ほら、とみさきに差し出すと、彼女がパッと笑顔になった。

「あら、悪いわねえ。そんなこと、してもらわなくていいのに」

淳志はお婆さんに首を振った。

「ウチにあったヤツなんです。持ってきただけですから」

お婆さんは、優しい顔でみさきの頭を撫でた。

「ちゃんとありがとうってしなきゃだめでしょ？」

「ありがと」

言いながら、みさきはさっそく袋を開け、ビスケットを一枚取り出してかぶりついた。ブーンと音を立てて、そのビスケットにハエが一匹止まった。ハエを気にすることもなく、みさきはニッコリと笑顔を淳志に向けてきた。

もしかしたら……と淳志は思った。みさきとお婆さんは、これまでも何度か住むところを奪われてきたんじゃなかろうか。

なぜなら、みさきには虫を「おともだち」にしてしまえる力があるからだ。

ええと、と淳志は頭を掻いた。首にかけたタオルで顎に落ちてきた汗を拭い、リュックから便箋《びんせん》を取り出した。

「すごく生意気だし、小学生のぼくなんかが言うようなことじゃないと思うんですけど」

言うと、お婆さんは淳志を見返した。「なあに?」

「昨日、ネットで調べたんです。詳しく調べたわけじゃないし、よくわかってないで言ってるんですけど、これ……」

差し出すと、お婆さんは不思議そうな表情で便箋を受け取った。その便箋を眺め、淳志に視線を寄越《よこ》した。

「大学?」

淳志は頷いた。

「そこに書いた市原《いちはら》って大学の先生は、昆虫の研究をしてる人らしいです。ネットで見たら、けっこう偉い先生みたいだし、もしかして相談したら、みさきちゃんのこと、よくしてくれるんじゃないかって、思ったんです」

お婆さんが、眼を丸くした。

「まあ……あなた、そんなことを」

「それと、その下にメモした長瀬《ながせ》さんって人は、カメラマンです。昆虫の写真を専門に撮《と》ってる人で、ネットで見てみたら、すごい綺麗《きれい》な写真、いっぱい載ってたんですね。そういう人にみさきちゃんのこと相談すれば、立ち退きとか、しないですむかもしれないって思うんです」

「淳志君、そんな心配をしてくれてたの？」

お婆さんが手拭いで口許《くちもと》を押さえた。

「ごめんなさい。余計なお世話ですよね。怒られちゃうかもしれないと思ったし、わかってもいないで口を出すようなことじゃないと思います」

「……………」

「でも、みさきちゃん、すごいって思うんです。みさきちゃんみたいなことができる子、他にいないですから。ものすごく、大切な人になるんだって思います。だけど、これから、みさきちゃん、小学校に上がりますよね」

「……ええ」

「学校には、虫が嫌いな子がたくさんいるんです。虫が嫌いな先生もいるし、虫が嫌いな親もいっぱいいる。自分が嫌いってだけで、その人たち、みさきちゃんに意地悪をするかもしれない。みさきちゃんを除《の》け者《もの》にするかもしれないです。県だって、市役所だって、毒を持った虫が異常発生するからって立ち退かせたり。そんなのおかしいし、絶対にへんです。みさきちゃんは、すごい子なんですから。除け者にされるような子じゃないですから」

「ありがとう――」

震えるような声で、お婆さんが言った。驚いたことに、お婆さんは淳志に深々と頭を下げたのだ。淳志は、ドギマギしてしまった。

目を向けると、みさきはビスケットを頬張りながら、ニッコリ微笑《ほほえ》んだ。

昨夜――。

淳志の家を、井関の両親が揃って訪ねてきた。

「本当に、奥村君のおかげで、直樹、助かりました。ありがとうございました」

驚いたのは淳志の両親のほうだった。学校で起こったことを、淳志は親になにも報告していなかったからだ。

「淳志、どうしてそんな大切なこと……」

母親は睨むようにして言ったが、淳志は首を竦めただけだった。

報告など、できるわけがなかった。

起こったことの原因は、すべて淳志にあるのだ。みさきのツバを染み込ませた綿を、井関の道具箱に仕掛けた。それは仕返しだった。井関からずっとされてきたことへの報復だった。

苦手な虫を目の前にして、井関は恐怖のあまり死んでしまうかもしれないとまで思ったのだ。毒虫に刺されて、それで死ぬかもしれないとも考えた。

殺人未遂で訴えられてもおかしくない。決して礼を言われることじゃない。

ずっと後悔している。

「それで、息子さんは、いかがなんですか？」

父親の問いには、向こうも父親が答えた。

「幸運にも、どこにも異状がないということです。一応、様子を見るということで、一晩病院に泊まってくれと言われました。不安があるのは、お話ししたように千匹近い昆虫に襲われたというのが、トラウマにならないかということですが……ただ、先生でさえ、手が出せなかったと言うんですからね。本来なら、児童を守ってくれるのは先生でなきゃいかん筈《はず》でしょう。ところが、奥村君だけが千匹近い虫に立ち向かって、直樹をそこから引き摺り出してくれたんです。いくら感謝してもしきれませんよ。いや、ほんとに、どうもありがとう」

最後のところは、淳志に向かって言った。淳志は、ただ、首を振ることしかできなかった。

ちょんちょん、と手を引っ張られて、淳志はみさきに目を返した。

「ホテル、とまんのよ」

ニコニコとみさきは笑っていた。

だから、淳志も笑顔を返した。

「そうなんだってね。良いホテルだといいね」

「あそびにきなね」

頷くと、みさきも淳志の真似をして頷いた。その頬に、大きなアゲハ蝶が羽を立ててとまっていた。

魔王の手

二時間後にようやく鎮火《ちんか》したときも、投光器に照らされたガソリンスタンドには消防士たちの張り上げる声が飛び交っていた。

怒鳴る言葉は何一つ聞き取れない。四十カットほどの現場写真をカメラに収めてから、森脇欣也《もりわききんや》は喉《のど》のあたりに引っかかっているものを咳払《せきばら》いで吐き出した。周囲には、まだ重油の燃えた強烈な臭《にお》いが残っている。

鼻と眼《め》が痛い。

戦車を赤く塗り潰《つぶ》したような化学消防車の横で、消防服姿の男が腰に手を当てて黒焦げのタンクローリーを眺《なが》めていた。

「すみません！　ちょっとよろしいですか？」

五メートルほどの距離をとって、歩道から声をかけたが、男はチラリと森脇の腕章を見ただけでその視線を前方へ戻した。

「さがって、さがって！」

肩を摑《つか》まれて振り返ると、図体の大きな消防士が森脇を睨《にら》みつけている。

「火は、治まったということでしょうか？」

訊《き》くが、消防士は回り込んで来て森脇の前に立ち塞《ふさ》がった。

「爆発の原因とか、わかったんでしょうか？」

「あと、あと。さがんなさい」

睨みつけながら、首を振る。

「怪我人《けがにん》は救急車で搬送された二人だけですか？」

「バリケードの後ろにさがれ。訊かれても答えられる状態じゃない。あとだ、あと」

「――――」

消防士が手を上げた方向へ目をやると、工事現場に置かれているような黄色と黒のバリケード板が道路に並べられていた。その意味はもちろん森脇にも理解できる。スタンド周辺の通行止めは解除されていない。半径百メートルほどが封鎖され、近隣の住民は安全が確認されるまで近くの小学校へ避難している。森脇が摑んだ情報では、小学校の体育館には二十世帯五十人ほどが集められているということだった。

その場をあきらめ、森脇はいったんバリケードの外へ出た。答えられる状態じゃないとあの消防士は言ったが、おそらく答えようにも彼自身にだって爆発事故の全貌《ぜんぼう》は把握《はあく》できていないのだ。

炎が見えなくなったから鎮火したものと勝手に思ったが、実際はどうなのだろう。彼らが持ち場を離れずにいるのは、まだ完全に治まってはいないからなのかもしれない。こういったガソリンスタンドでの鎮火とはどんな状態を言うのだろうか。そのあたりも訊きたかったが、消防士たちの様子では無理な注文のようだった。

バリケードから出ると、森脇は暗い路地の奥へ停《と》めたクルマへ駆け戻り、パソコンを開いた。撮影したばかりの画像をカメラからパソコンに取り込み、支局のクラウドストレージへアップロードする。その間にデスクへ電話を入れた。状況の報告を行ない、デスクに届いている情報をもらう。それによると、スタンドの従業員から一一九番通報があったのは午後十時二十分ごろだったらしい。すでに夜中の十二時半を回っているから、その通報からは二時間以上が経《た》っている。

事故の詳細が判明するのは、早くても昼ごろになるだろうが、現時点でわかっていることを総合すると、爆発は給油中のタンクローリーが突如炎上したことによって起こった。スタンドの地下にある貯蔵タンクにガソリンを補給していた際、何らかの原因で発火、ドーンという大きな音とともに火柱が上がった。その衝撃で、ガソリンの補給中だった男性作業員と、たまたま脇の自動販売機でジュースを買っていた高校生が爆風によって転倒し怪我をした。二人は近くの市立病院へ搬送されたが、怪我の程度はわかっていない。

市消防局は化学消防車など二十数台を出動させて鎮火に当たった。同時に市当局と警察は現場付近の道路を封鎖、近隣住民の避難誘導に努めた。

どこかで拡声器の音が鳴っているのに気づいて、森脇はパソコンから顔を上げ、クルマのウインドウを下げた。

〈——現在、火災は治まっておりますが、すべての安全が確認できるまで、ガソリンスタンドの近くには立ち入ることのないように、今しばらくのご協力をお願いいたします〉

聞き取りにくい拡声器は国道のほうからだった。

ウインドウを上げ、森脇は再びクルマの外へ出た。先ほどまで感じなかった冷気が首筋のあたりから入り込む。路地から国道へ出るあたりに立っている人影に気づいて、森脇は前方に目を凝《こ》らした。

「…………」

電柱の蔭《かげ》に身を隠すようにして、国道を窺《うかが》う人物がいる。低い背丈が子供を思わせた。付近の住民は避難している筈《はず》だし、そうでなくてもこんな夜の遅い時間に子供が出歩いているのが気にかかった。

声をかけるつもりで近づくと、それは詰《つ》め襟《えり》の制服を着た男の子だった。背後から見ると異様に頭が大きい。というより、総毛立ちの髪型がアンバランスに頭部を膨張させていた。パンク・ロックにでもはまっているのか、あるいは天然パーマがそうさせているのか、判断はつかなかった。学生服姿のロッカーというわけでもあるまい。

「まだ危ないかもしれないから、気をつけたほうが——」

投げかけた言葉を、思わず呑《の》み込んだ。

男の子がこちらを振り返った途端、身の毛がよだつような空気が森脇を包み込んだからだ。

ガソリンスタンドの熱気に煽《あお》られたのかと思ったが、全身に感じる違和感は熱風とはまったく違うものだった。それはまるで、男の子から放射される輻射熱《ふくしゃねつ》に身体《からだ》を炙《あぶ》られるような感覚だった。いや感じているのは熱ではない。どちらかと言えば静電気だ。強力に帯電した空気の層に森脇の全身が包囲されたような感覚——身体中の毛が起き上がっている。

童顔の少年だった。学生服にはペン先と〈高〉の文字を組み合わせたデザインのボタンと襟章が見えているから、彼が高校生だということはわかる。しかし、学生服を脱がせたら、せいぜい中学一年生程度にしか見えないのではないか。

自分が少年のパンク頭を凝視していることに気づいて、森脇はその視線を無理矢理スタンドのほうへ向けた。

「いや……警察の人も言ってたのを聞いただろ？　火事が治まったように見えても、まだ安全かどうかわからないからね」

見返すと、少年は森脇を見上げた顔を歪《ゆが》ませた。

この違和感は——なんだろう？　先ほどから身の毛がよだつような感覚が消えてくれ

ない。

「家は近くなの？　みんな小学校に避難してるからさ……」

「ほっといてよ。うるさいよ」

意外にも野太い嗄《しやが》れ声を少年が出した。

「………」

なにもかもがアンバランスに感じられた。少年の風体《ふうてい》も声も存在も、すべてが異様に思えた。

スタンドのほうへ目をやると、消防服の男たちが三人、黒焦げのタンクローリーの周囲をゆっくりと歩いていた。数台を残して、あとの消防車は現場から引き揚げたようだ。

パンクヘアの高校生は気にかかったが、森脇は頭を一振りしてその場を離れ、クルマへ戻った。なにより、少年の醸《かも》し出している空気が不気味だった。

送った画像についての確認をしておこうと、ポケットから携帯を取り出した。

「………」

液晶ディスプレイを凝視する。表示が消えていた。電源を切った覚えはない。なのに、ボタンを押してみてもなにも表示されない。

「なんだよ」

声に出して呟《つぶや》きながら、森脇は携帯電話の電源ボタンを長押ししてみた。何度か試しても、変化はなにもなく、携帯電話は立ち上がってもくれない。

「どういうことだよ」

さっきかけたばっかりじゃないかと、鞄《かばん》からスマートフォンを取り出した。そちらのほうはちゃんと電源が入り、電波も三本立ってくれている。電話連絡にスマホを使うことはほとんどないが、携帯が使えないのでは仕方がなかった。

顔をしかめ溜息《ためいき》を吐《つ》いて、森脇は電話帳アプリからデスクの番号を探し出した。

‡

夜が明けないうちに、森脇は市立中央病院へ足を運んだ。爆発事故で怪我を負った二人が、ここへ運ばれたと聞いたからだった。

深夜のことだから当然だが、現時点では怪我の詳細は発表されていない。怪我の程度にもよるが、軽傷なら手当を受けてすぐに帰されてしまう虞《おそれ》もある。話が聞けるかどうかの目算などもちろんあるわけがないが、他に選択肢はなかった。

負傷した一人は川尻修二《かわじりしゅうじ》といい、爆発事故を起こしたタンクローリーを運転し、ガソリンの補給作業を行なっていた作業員だった。三十二歳だということだが、印象では十歳以上も老《ふ》けて見える。病院一階の外科診察室前で川尻は十数人の記者たちに囲まれていた。繃帯《ほうたい》を巻かれた左手を庇《かば》うように抱えている。

取材陣のうち二組は明らかにテレビ局の関係者だった。森脇は出遅れたことを悔やみながら取材陣の後ろから川尻を覗《のぞ》き込んだ。

「はじめてです」と、テレビカメラを向けられた川尻が言った。「正直、なにが起こったのか、自分にもわかりません。この仕事六年になりますけど、事故は初めてです」

「何かが引火したということですか」

記者の質問に、川尻は目を伏せて首を傾《かし》げる。

「そういうことなんだろうと……思いますが、原因については調査していただいてその結果を聞くしかないです。まったく、見当がつきませんので」

「川尻さんの作業はいつも通りだったんですか？　何か普段と変わったこととか」

「危険物の取り扱いについてはルールが定められてますし、自分らも声に出して確認しながらやってることですからね。異状があれば気がつきます。安全を確認しながらの作業ですから」

「爆発は二十二時二十分ごろだったということですが、給油作業は夜行なわれるものなんですか？」

「夜だけじゃないです。朝もありますし、昼間もあります」

「今日《きょう》は、あのスタンドが何箇所めだったんでしょうか？」

「…………」

記者の質問に裏の意図を感じたのか、川尻は目を細めるようにして相手を見つめた。

記者はかまわずに質問を重ねる。

「今日のお仕事があのスタンドだけってことじゃないですよね」

「………」

「いや、お仕事は大変だろうなと思っているんですよ。危険物ですから神経も遣《つか》われるでしょうし、肉体的なものだけじゃなくて、精神的なご苦労なんかも多いんだろうと思うんですね。一箇所だけじゃなくていくつもスタンドを回られて、あそこでの作業は、夜の十時過ぎになったわけですよね」

川尻が態度を硬化させるのが見て取れた。質問が性急すぎると、森脇はマイクを向ける記者を見つめた。

「激務のために何かミスをしたってことにしたいわけですか」

と、川尻は記者に訊き返したが、その口調は明らかに先ほどまでとは違っていた。

記者は正義を振り翳《かざ》すかのように、質問を続ける。

「爆発事故の原因がなんだったのかということを伺いたいわけです。その原因がミスによるものなのか——川尻さんは、安全を確認しながらルールに則《のっと》って作業をされたと言われましたから、だとすれば川尻さんの作業以外に原因があるという可能性があるわけですね」

川尻が首を振った。

「そういうことはわかりませんし、答えられる立場じゃないですから、会社とか消防のほうに訊いて下さい」

見かねた別の記者が「左手を負傷されたということですが、その繃帯は火傷《やけど》ですか？」と質問を変えたが、身構えさせてしまった川尻からそれ以上の言葉を引き出すのは難しかった。

手帳のメモを見返し、森脇はその場に見切りをつけた。診察室前での取材を見学していた女性看護師を見つけ、森脇は彼女に軽く一礼した。

「榎本光博《えのもとみつひろ》さんは、もう治療を終えられたんでしょうか？」

もう一人の負傷者は、高校二年生だと聞かされていた。彼も川尻と一緒に、この病院に運ばれた筈だ。

看護師は小さく首を振った。

「救急からICUのほうに移ってもらってます」

「ICU？」

思わず彼女を見返した。

「はい。集中治療室です」

「それは……榎本君のほうが怪我が重いということなんですか？」

「私は担当じゃないですから、聞いただけのことですけど、怪我の程度はあの方よりもずっと重かったみたいです」

看護師は川尻のほうへ視線を投げながら言った。

「ICUは、どこへ行けば？」

「三階ですけど、取材とかは無理だと思いますよ」

無理と言われたが、森脇は三階へ足を運んだ。集中治療を受けなくてはならないほどの怪我がどんな状況で生じたのか、見極めたかった。

デスクから聞かされた情報では、爆発は川尻修二がガソリンの補給作業を行なっている最中に起こったものだ。榎本光博は、そのときたまたま脇の自動販売機でジュースを買っていた。爆心からの位置関係で考えると、明らかに榎本は川尻よりも遠くにいる。なのに、榎本のほうが重傷を負った――。

爆風によって転倒したという情報があったことを思い出した。

つまり火傷だけではなく、転倒の際に生死に関《かか》わるほどの怪我を負ったということだ。ICUに移されたのだから、かなり危険な状態だと想像できる。これが死亡という事態になったら、事故の報道は確実にランクを上げることになる。

三階でエレベーターを降り、集中治療室のほうへ足を向けると、前方から男が三人やって来た。三人とも記者だとわかったが、名前を知っているのは岩崎昭洋《いわさきあきひろ》だけだった。

なにもかも後手後手じゃないかよ……森脇は自分の腰の重さが情けなかった。

「だめだめ」

森脇を認めた岩崎が、顔の前でヒラヒラと手を振って寄越《よこ》した。

「意識不明？」

エレベーターを待つために立ち止まった岩崎に並びかけて訊くと、岩崎は不機嫌そうに首を振った。

「ＩＣＵに入ったっきり。面会謝絶だとさ。母親はベッドについてやってるようだったが」

「どんな怪我だったんだ？」

「それがわかんねえから、どうしようもないよ。医者も捕まえらんねえしさ。話が聞けるようになってから出直すしかないね。いくら待っててもドアを開けてもくれねんだから」

チーンという音とともに、エレベーターのドアが開いた。

「乗らないのか？」

乗り込んだ岩崎が訊いたが、森脇は首を振った。

「開けてもらえないドアでも眺めてくるよ」

廊下を標示に従って進むと、集中治療室は左へ折れた先にあった。大きな両開きのドアには〈関係者以外立入禁止〉とプレートが貼《は》ってある。

そのドアの前で五分ほど立っていたが、出入りする者は誰もいなかった。圧搾《あっさく》空気が吹き出されるような音や、金属が触れあうような音が、森脇のいる廊下にも洩《も》れ出してきている。腕の時計を見ると二時を回っていた。真夜中だ。さて、どうすべきかと森脇は周囲を見渡した。

後ろにガラスの壁で囲われた待合室のようなスペースがあることに気づいた。ＩＣＵで治療を受けている患者の、家族のために用意された控え室なのだろう。八脚ほどの緑色のソファが並べられている。そこには誰の姿もなかった。

「………」

なんとなく、森脇はドアを押してガラスの小部屋に入ってみた。大きなガラス壁に、小さく〈禁煙〉のプラスチック・プレートが貼られている。

意味もなく、ソファの一つに腰を下ろした。つい溜息が出た。

「それも、いいか」

小さく呟いてみた。なにかネタが摑めるまで、この集中治療室を張ってみるというのもアリかもしれない。岩崎たちは早々に引き揚げたが、粘ってみるのもいいだろう。真夜中のこんな時間に動き回ったところで、さほどの収獲を期待できるとは思えなかった。

それより、川尻修二が左手の繃帯だけですんでいるのに、榎本光博はICUで治療を受けなくてはならない事態が、森脇には重要に思えた――もちろん、そう思うことに根拠はなにもないが。

それから三十分ほど、ICU前の廊下にはなんの変化もなかった。スマートフォンをいじりながら、森脇はソファに腰を下ろしていた。

不意に廊下に足音が聞こえて顔を上げると、白衣の医師が角を曲がってやって来るのが見えた。思わず、森脇は立ち上がる。医師がチラリと視線を寄越したが、待合室を出ようとする森脇を制するように片手を上げ、足早に集中治療室へ入って行った。

ふと気がつき、森脇は報道の腕章を外してショルダーバッグへ入れた。むろん、身分を隠すことなど考えていない。ただ、積極的に記者であることを誇示する必要はないと判断しただけだ。

その五分ほど後、ICUのドアが開いて先ほどの医師が姿を現わした。ドアの向こうを振り返り「尿量に気をつけてて」と声を上げた。治療室の中から「はい」と女性の声が応《こた》える。

開いたドアの隙間《すきま》から中を覗こうとしたが、衝立《ついたて》でも置かれているのか、よく見えなかった。そのドアを閉じて廊下に出てきた医師に、森脇は頭を下げた。医師が頷《うなず》くように会釈《えしゃく》を返したのを確認して、接近を試みた。もちろん、手には録音アプリを立ち上げたスマートフォンを握っている。

「光博君は、どうなんでしょうか？」

訊くと、医師はうんうんと頷いてみせる。

「傷が深くてですね、小腸と胆嚢《たんのう》をやられているようですので、まだ安心はできませんが、少なくとも数日は様子を見ることになりますね」

「小腸と胆嚢……ええと、爆発で吹き飛ばされたと聞いているだけで、まるで事故のことがわかってないんですが、傷というのは、吹き飛ばされたときに腹に何かが刺さったということなんでしょうか？」

うーん、と呻《うめ》くような声を洩らしながら、医師は白衣のポケットに両手を突っ込んだ。

「こういうのは私も初めてですが、お腹《なか》と背中に電撃傷《でんげきしょう》ができてましてね」

「デンゲキショウ？」

「カミナリに撃たれたような痕《あと》ですね」

森脇は驚いて医師を見返した。

「カミナリ？」

「ええ。まあ、雨は降っていないし、カミナリがどこかで発生していたということも聞きませんから、落雷に当たったということではないでしょう」

「その……よくわからないんですが、爆発によって、カミナリのような電気が発生したってことですか？」

そのとき、医師の後ろで集中治療室のドアが開いた。

中から現われたのは中年の婦人と少女だった。母親と娘なのだろう。彼女たちを通すために、森脇と医師は少し脇へ移動した。

「やだよ！」と少女が母親に言っているのが聞こえた。二人は、森脇が出てきた待合室の中へ入って行った。

母娘《おやこ》のことも気に懸《か》かるが、医師の話を聞くのが最優先だった。

「先生も初めてだって仰有《おつしや》ってましたけど、その、なんでしたっけ……電撃傷ですか。それはカミナリ以外でも、そういう傷ができることはあるんですか？」

「もちろん、高圧線に触れたとか、溶接の電気火花が身体の中を走ったとか、家庭用電気器具の取り扱い不注意なんかでも電撃傷を生じることはあります。ただ、今回の場合が、何によるものなのかはわからないですね。とにかく、光博君の場合は、背中からお腹に向かって高電圧の電流が流れたんだと思います。皮膚には、もちろん電流斑《でんりゆうはん》ができていましたが、着ていた服も穴が開いて焼け焦げていましたからね」

「服が……」森脇は思わず集中治療室のドアに目をやった。「服に穴が開いていたんですか？」

「背中とお腹のところにね」

「カミナリが？」

「電流に撃ち抜かれたようなね」

「………」

いったい何が起こったのか。

電流に撃ち抜かれた？　カミナリ？

「ええと、でも、光博君は回復するんですよね？」

「努力します。さらに手術が必要になる可能性もありますが、それは様子を見てということでね」

言うと、それで説明を終えたと判断したのか、医師は軽く手を上げ森脇に一礼すると、廊下を向こうへ歩き出した。

いやまだ訊きたいことが——とその背中を追いかけようとしたとき、後ろの待合室から母親が出てきた。

「あんただってもう高校生なんだから、自分で帰んなさいって言ってるの」

ドアの向こうで娘が声を上げる。

「帰んない！」

「帰って寝るの。明日《あした》学校なんだから」

「休む」

「アキが休むことない。学校が退《ひ》けたら来ればいいんだから。お兄ちゃんは大丈夫」

「ずるいよ」

「ずるくない。学校の先生にはお母さんが連絡しとくって。携帯持ってく許可はもらうから。なにか変化があったら連絡するし。とにかく病院の前でタクシー拾って帰るの。ちゃんと寝て、起きたらパン焼いて食べて、ちゃんと学校行きなさい」

「寝れるわけないじゃん」

「寝れなくても、布団に入って目をつぶる」

母親は、廊下にいる森脇を一瞥《いちべつ》すると、すみません、と言うように目礼し、そのまま集中治療室のドアを開けて入って行った。呼び止めて話を聞くべきだと思ったが、なんとなく声をかけそびれた。

待合室に目を戻すと、娘のほうは不貞腐《ふてくさ》れた表情でソファに腰掛けていた。どうしたものかと躊躇《ちゅうちょ》したが、森脇はゆっくりと彼女のいる待合室に入った。警戒させてしまわないようにと、少女が座っているのと反対側のソファに腰を下ろす。彼女は、森脇を見ようともしなかった。母親から「帰れ」と言われていたが、腰を上げる気配もない。ただ、足を投げ出すようにソファに浅く座り、じっと床を見つめている。

「光博君の妹さん？」

声をかけてみたが、彼女にはなんの反応もなかった。

「アキちゃんっていうんだね。どういう字？」

眉《まゆ》を寄せるようにして、少女が初めて森脇を見た。

「だれ」

訊かれて、森脇は肩を竦《すく》めた。ショルダーバッグを開け、腕章を取り出してみせた。

「ホードー」と抑揚のない声で読んだ。「新聞の人？」

森脇は首を振った。

「週刊誌の人。森脇欣也。アキちゃんは高校一年？」

小さく頷いた。

「光博君は二年だよね。同じ高校？」

「ワタコー」

「綿貫《わたぬき》高校だ」

「そ」

‡

榎本亜希《あき》が彼女の名前だということはわかったが、その先の話の取っ掛かりが摑めなかった。だいたい、高校一年生の女の子とどんな会話をすればいいのか。

「帰って寝ないと明日がつらくなるんじゃない？」

亜希は首を振った。

「タクシー拾うの難しいなら、僕が送ろうか？　クルマで来てるから」

顔をしかめるようにして、亜希が森脇を見返した。

「ありえない。それってメチャ危なくない？」

「……まあ、そうか」と、思わず苦笑いになった。「危ないって考えるのが普通だね。非常識だったな。ごめん」

下《へ》手《た》なことを言って、完全に嫌われたかもしれないと思ったが、亜希の態度にはまったく変化がなかった。

そして、驚いたことに、話のきっかけを作ってくれたのは亜希のほうだった。

「訊いていい？」

突然言われて、森脇は思わず背筋を伸ばした。

「いいよ。何？」

「森脇さんて、ジャーナリストなわけだよね」

「端くれ、だね」

「てことは、法律とか、知ってる？」

「弁護士のような知識はないけど、常識的なことならわかるかもしれない」

「たとえば、の話だけどさ。超能力で人を殺したら、逮捕できる？」

「なんだ？」

亜希を見返した。彼女は真面目《まじめ》な顔で森脇を見つめている。

「超能力でって……スプーンの代わりに人間をねじ曲げて殺しちゃうようなこと？」

うん、と亜希が頷いた。

「法律って証拠主義でしょ？　超能力って証拠になる？」

「ああ、そういうことか、なるほど」

亜希の口から〈証拠主義〉という言葉が出てきたのが意外だった。

「まあ確かに、有罪か無罪かって判断では証拠は大事だね。ただ、今の裁判なんかだと、どちらかと言えば自由心証主義なんていって、裁判官の判断を重んじるような方向に移ってきてるみたいだけどね。でも、そうは言っても、もちろん合理的な判断が求められるわけだから、超能力なんかは難しいな。その被害者の死が超能力に因《よ》るものかどうかが証明されないとね。呪《のろ》い殺したって言っても〈呪い〉で人を殺せるかどうかを科学的に証明するのは無理だろうし……なんで、そんなこと知りたいの？」

「結局、やっぱ無理なんだ」

亜希が顔をしかめた。単に話題を振っただけのようなことではなさそうに思えた。

「話してくれよ。そういう経験があるの？　実際に」

「言ってもバカにしない？」

「しない」

「兄貴を殺そうとしたヤツが捕まらないでノコノコ歩き回ってる」

「え？」

「絶対、許せない。捕まえて死刑にしてほしい」

「…………」

亜希を見返した。

彼女は真《ま》っ直《す》ぐに見つめ返してくる。ずいぶん可愛《かわい》い顔をしていると、森脇は余計なことを思った。

「ほら、バカにした」

森脇は首を振った。

「バカにしてないよ。ただビックリしてるだけだ。兄貴って、光博君のこと？」

「うん」

「光博君が殺されそうになったことがあるの？　いつの話？」

「今日」

「今日……スタンドの爆発事故？」

「事故じゃない。攻撃されたんだ」

「……誰に？」

「魔王」

「マオゥ――誰？」

「みんな魔王って呼んでる。アズミ・マオ。兄貴と同じ組にいる化け物」

隣のソファに移動し、手帳を取り出した。亜希に訊き直して、それが〈安曇真生《あずみまお》〉という綿貫高校に通う二年生であることがわかった。

「ええとさ、この安曇君が、光博君を殺そうとしたって言うの？」

「そう」

「攻撃って、どういうこと？　ガソリンスタンドに放火したとか？」

「あいつ、カミナリが使えるから」

思わず息を呑み込んだ。

「どういうこと？」

「あいつ、人間じゃないの。ガチで魔王なんだ」

「カミナリが使えるって」

「電気の化け物なんだもの。手からカミナリ発射して、なんでも壊すし」

「手から……」

さきほど医師から聞かされたばかりの言葉が、頭の中で拡《ひろ》がり始めている。

電撃傷――電流に撃ち抜かれたような傷。カミナリ。

「えっとさ」森脇はソファの上で座り直した。「もうちょっと詳しく知りたいんだけど、あのガソリンスタンド、亜希ちゃんも行ってたの？」

「行ってない」

「夜の十時過ぎだよね。光博君はどうしてあんなところに行ったんだろう」

亜希は首を振った。

「スタンドに行ったのがどうしてかは、わからない。別にクルマとかバイクとかに乗ってたわけじゃないし。たぶん、喉渇いてコーラかなんか買うためだったんじゃないかな」

「ああ、そうだね。光博君が、自動販売機で飲み物を買おうとしてたときに爆発があったんだ……安曇君は、どう絡んでくるの？」

「兄貴、魔王とナシをつけに行ったんだもの」

「…………」

高校一年生の女の子から〈ナシをつける〉などという物騒な言葉を聞くとは思わなかった。

途端に、亜希の話が穏やかでなくなった。あるいは、今の高校生はみんなこんな言葉遣いをしているのだろうか。

「話《ナシ》をつけに？　なんの話？」

「あたしにもう近づくなって」

「……あ、亜希ちゃんに、安曇君がアプローチしてきてたんだ」

「そう。もう、怖いし、気持ち悪いし」

「なにか、されたの？　安曇君から」

亜希が、あからさまに厭《いや》な顔をした。

「気がつくとこっち見てる。校庭とかから。本屋で雑誌見てたら変な感じがして、顔上げて叫びそうになった。棚挟んで正面からまともに目が合ったの。思い出しても吐きそう」

「つきまとわれてる感じなのかな」

「いい加減にやめてほしいんだけど、怖くて言えないから、すっごく落ち込んだ」

「それをお兄さんに打ち明けたってことだね」

「あ」慌《あわ》てたように亜希が首を振った。「あたしが頼んだわけじゃないよ」

「光博君が、妹思いだったってことだ」

「後悔してる。魔王の話なんて、兄貴にするんじゃなかった」

安曇真生も、よほど嫌われたものだ、と森脇は思った。いわゆる生理的に受けつけないというヤツだろう。小さく息を吐き出し、亜希に目を返した。

「ということは、光博君が安曇君を呼び出したってことだね。安曇君の家は、あのガソリンスタンドの近くなのかな」

「ちゃんとは知らないけど、GSの裏手みたい。兄貴から聞いたけど、国道から入ってすぐのところの、エバーハイムだったかな、古いアパートの二階だって言ってた」

「………」

もしかすると、ガソリンスタンドの取材中、クルマを路駐したあの路地のあたりではなかろうか。

不意に、ある情景が甦《よみがえ》った。

亜希を見返した。

「ええと、もしかして、安曇君って身体が小さい？　中学生かなって思っちゃうぐらい」

「そうそう。すごいチビ」

「で、ヘアスタイルに特徴があるというか」

うんうん、と亜希は大きく頷いた。

「爆発ヘアというか、直毛アフロっていうかって感じ」そして気づいたように森脇を凝視した。「なんで知ってんの？」

森脇は、苦笑いしながら小さく首を振った。

‡

その日の午後になって、森脇は再び事故のあったガソリンスタンドへ出かけた。

病院から引き揚げたあと仮眠をとったが、まだどこか頭が重い。取材のための買い物などしていて、スタンドに戻る時間が午後になった。

爆発火災の痕跡は、まだかなり残っていた。十五時間ほどしか経っていないから当然だが、スタンドは営業を休んでいる。ヤードの周囲に張られたロープの後ろに二箇所、手書きの〈お詫《わ》び〉が貼り出されていた。もちろん、全焼したタンクローリーは撤去されていたが、そのあたりには大火災の焦げ跡が拡がっていた。

捩《ねじ》れ曲がった給油口の後ろの防火塀は黒く燻《いぶ》されて事故の大きさを感じさせている。焦げ跡は脇の洗車機のあたりまで続いていた。

ガラス張りのサービスルームへ目をやった。ピット側の端のフィールド上にコンクリート製の細長い台座が二つ、枕木《まくらぎ》のように残されている。榎本光博がジュースを買っていた自動販売機が取り払われた残骸《ざんがい》だ。

森脇は、タンクローリーのあった位置と自販機の位置を見比べた。少なくとも十五メートルは離れている。

ということは……と、ロープの外側を辿《たど》って敷地をグルリと移動してみた。西側の歩道から振り返ると、自販機とタンクローリーが直線で結ばれる位置が発見できた。

「このあたりってことかな」

今森脇のいる場所から、自販機の前で屈《かが》み込む榎本光博の背中に向かって、非常に強い放電が起こったとする。その電撃が彼の身体を貫通し、向こうのタンクローリーに届く可能性――。

森脇は小さく溜息を吐《つ》き、顔をひと撫《な》でした。まるで、ハリウッド映画のアクションシーンのようなイメージだ。

なんとなく照れのようなものが顔に出た。歩道を戻り、ガソリンスタンドを迂回《うかい》して路地に入る。

昨日《きのう》は気がつかなかったが、そのアパートは路地の右側、二軒目に建っていた。見るからに時代を感じさせる建物だ。二階建ての木造モルタルで、外階段の最上部に〈エバーハイム〉という看板が打ち付けられている。一階に四部屋、二階にも四部屋のドアはすべてが道路側を向いていた。

階段下の壁に設置された郵便受を確認すると〈安曇〉の表札は二〇四号室となっていた。二階の一番奥の部屋だ。鉄製の外階段はペンキの剝《は》げ落ちた部分が錆《さ》びつき、手摺《てす》りの一部が外側へ膨《ふく》らむように曲がっている。

二〇四号室のドア前に立ち、森脇は一度深呼吸をした。インタホンがないことを確認して、ドアをノックした。

「…………」

ドアの向こうでなにかが動く気配がした。返事はない。間を置いて、もう一度ノックしてみる。

「ごめん下さい。安曇さん？」

しかし、ドアが開けられることはなく、部屋の中の気配も消えていた。

そうか……と、森脇はドア前から離れた。ギイギイと音を立てる外階段を下り、クルマへ戻る。昨夜、取材の間駐車していた路上に、今日もクルマを置いていた。細い路地で、常識的には駐車禁止だろうと思うが、標識も見当たらず、何か言われたら退《ど》ければいいという考えだった。運転席に乗り込み、前方に目をやる。エバーハイム二〇四号室のドアがはっきりと見えている。

ここでアパートを張ることに確固とした理由があるわけではなかった。昨夜の爆発事故の原因が、安曇真生にある可能性に賭《か》けているだけだ。しかもその可能性は、高校一年生の女の子榎本亜希の言葉に拠《よ》っている。

〈あいつ、カミナリが使えるから〉

亜希本人でさえ「バカにしない？」と訊いたほど、常識外れの言葉だ。

普通ならそんな言葉に乗せられることはない。ただ、昨夜、森脇はこの路地で安曇真生が発する異様な空気を全身に浴びたのだ。その直後、ポケットに入れていた森脇の携帯が壊れた。

ここへ来る前に、森脇はウンともスンとも言わなくなった携帯を見てもらうために、それをショップへ持ち込んだ。かなり強い静電気に触れた可能性があると申告すると、店員は「ああ、それですね」とこともなげに言った。「静電気は半導体の強敵なんです。破壊されちゃうんですよ。冬場のパチッというような静電気の場合は、もちろん本体のシールドで守られてますからまず壊れることはないんですけど、お客様が分解されるとか、あるいはＭＲＩのような許容を超えた電界に本体を置かれるとか、そういったことがありますと、このように壊れる場合があります」

安曇真生に近づいただけで強烈に感じたあの違和感――彼の身体が放射する強い静電気を帯びた空気。

カミナリが使えると亜希は言ったが、安曇真生は極度に帯電しやすい体質なのかもしれないと、森脇は考えた。

ポケットからスマートフォンを取り出した。それは今、静電気防止袋に入れられている。そもそもは半導体を埋め込んだ基板や電子部品などを保護する目的で作られたプラスチック製の袋だ。不安もあったので、森脇は袋を二重にしてスマホを保護することにした。二重にしたことで効果が上がるのかどうかは知らなかった。単純にそのほうがいいと思っただけだ。スマホだけでなく、バッグの中のパソコンやポータブルWi-Fi《ワイファイ》も静電気防止袋に封入した。

エバーハイムの二階を監視しながら、森脇は帯電体質を持った人たちのことをネットで調べた。安曇真生のような人間が、他にもいるかもしれないと考えたからだ。ネットから得た未確認情報によれば、触ったり近づいたりしただけで周囲の電気製品を故障させてしまう静電気人間は、思っていたよりも多く存在していた。まことに厄介な体質だが、彼らは榎本亜希が言うような超能力者ではない。

ただ、手からカミナリを発射できるような人間となれば……超能力者と言えるのかもしれなかった。残念ながら、まだそういう実例をネットで探し当てることはできていない。

二〇四号室に変化が現われたのは、夕方六時近くになってからだった。若い女性が一人、エバーハイムの外階段を二階へ上がって行った。長袖《ながそで》の白のブラウスにチェック柄のベスト、紺のスカートというお仕着せの事務服を着た二十代前半の女性だった。二〇四号室の前に立つと、彼女は手に持っていた鍵《かぎ》を使ってドアを開け、中へ入って行った。

へえ……と意味もなく口に出し、森脇はスマートフォンがちゃんと二重の静電気防止袋に包まれていることを確認してからクルマを降りた。

ゆっくりとアパートへ向かい、派手な音を立てないように気をつけながら外階段を上る。二〇四号室のドア前で姿勢を正し、軽くノックをした。

「はい」

今度は、すぐに返事が戻ってきた。

ドアが開けられると、先ほどの若い女性がドアノブを持ったまま森脇を見上げた。チェックのベストを脱いでいた。着替えの途中だったのかもしれない。

「突然すみません」

言いながら、森脇は彼女に名刺を差し出した。

「週刊エタニティ……？」

肩書きを読んで、彼女は森脇を見返した。

「お忙しいところ、すみません。あの、安曇真生君のご家族の方でしょうか？」

「はい……姉ですけど」

「ああ、お姉さんですか。真生君はおられますか？」

訝《いぶか》しげな顔で、彼女は森脇を見つめた。部屋の中を覗くと、どうやら玄関のすぐ脇がキッチンになっているようだ。その向こうに白い板戸が見える。薄く開いていたそのパネルの戸が、カタン、と音を立てて閉められた。

「真生に……なにか？」

「昨夜の、ガソリンスタンドでの火災について、真生君に少し伺いたいと思いまして」

姉が眼を見開いた。動揺があからさまに見て取れる。その反応が、確信を持たせてくれた。森脇は首を振った。

「真生君をどうこうしようと考えているわけじゃありません。爆発事故が起こった前後のことについて、教えてもらえないかと思っているだけです」

戸惑っている彼女の後ろで、パネル戸がガタガタと開いた。

「いいよ。入ってもらえば」

頭髪を総毛立ちにした安曇真生が森脇を見つめていた。学生服ではなく、グレーのジャージ姿だった。

‡

安曇有美《ゆみ》というのが、真生の姉の名前だった。

予備知識をまるで仕入れて来ないままで取材を始めてしまったが、彼らは、姉と弟の二人暮らしだったのだ。姉弟《きょうだい》は三年前に事故で両親を亡くした。親には貯《たくわ》えなどまるでなかったから、有美が高校を中途退学し、働くことになった。

着替えを終えた有美がキッチンに戻り、森脇と姉弟はテーブルを挟んで向かい合って腰を下ろすことになった。

目の前に座ると、真生からはやはり磁力のようなものが発せられていた。ただ、昨夜味わわされた身の毛がよだつような感覚はかなり薄められている。

「これ、してないと僕の傍《そば》にいる人はみんな気持ち悪くなりますよ」

言いながら、真生は床から左足を持ち上げて右膝《みぎひざ》に載せた。ジャージをめくると、彼の左足首には黒いゴムバンドが巻かれていた。よく見るとバンドは裸足《はだし》の足首と踵《かかと》にグルリと装着されている。バンドの脇からは黒く細いコードが伸びていた。そのコードは奥のパネル戸のほうへ続いている。

「これは?」

「静電気を除去するためのフットストラップ。こいつは室内用で、このコードは窓から壁を伝って地面にアースされてるんです」

「……へえ。すごいな。こういうものがあるんだ」

「半導体の工場なんかで作業する人たちが使うものだけど、僕の場合は、日常生活でもこれがいる。僕が〈魔王〉って呼ばれてるのは知ってますか」

「聞いた。ひどい呼ばれ方だ」

言うと真生は首を振った。

「事実だからべつにいいんですよ。ちょっとかっこいい呼ばれ方でもあるし」

バカじゃないの、と有美が弟の腕を小突いた。

「〈招かれざるゴーストハンター〉毎回読んでますよ、僕」

いきなり言った真生の言葉に、森脇は驚いて彼を見返した。真生は照れたように首を竦めた。

「読んでくれてるの？」

と訊き返してから気づいた。〈招かれざるゴーストハンター〉は、週刊エタニティの人気連載コラムの一つだ。超心理学という特殊な分野を大学で研究している先生のエッセイで、幽霊やら超常現象、超能力者などを取り上げていてけっこう面白い。

「買ってないです。ごめんなさい。コンビニで立読みするだけなんで」

笑いながら、森脇は首を振った。

そうか、となんとなく納得した。あのコラムではこれまでにも実在する超能力者が紹介されている。もちろん、名前は仮名にされているのだが。

真生は、コラムに登場する超能力者に自分を重ね合わせているのかもしれない。読めばわかる。超能力者に向けられる筆者の目は興味本位ではなく、人間味に溢《あふ》れた温かさを感じさせてくれるからだ。

「昨日起こったことの話を、聞かせてもらってもいいかな」

話を向けると、真生が小さく頷いた。その隣で有美が眼を閉じた。

「無理矢理訊こうと思ってるわけじゃないから、言いたくないことは言わなくていいからね」

「はい」

「僕が聞いたところだと、榎本光博君から呼び出されたってことだけど」

「そうです」

「ここに来たの？」

「学校でメモを渡されました。ウチには電話がないので、必要な電話連絡は有美ちゃん――姉が外で掛けるか、じゃなかったら直接話すか、手紙かなんです。メールも使えないので」

そう言えば、と森脇は部屋を見渡した。この部屋には、電気製品の類《たぐい》がほとんど見当たらない。固定電話は携帯の普及で姿を消しつつあるが、テレビまで置かれていない家というのは珍しい。考えてみれば、今はほとんどの家電に電子機器が使われている。フットストラップでアースされているといっても、彼が動く度に磁場の変化のようなものを感じるのだ。アースされても、彼の身体が完全に放電し尽くすことはないのだろう。

「学校で榎本君から、会って話がしたい、というメモを渡されたんだね」

ジャージのポケットを探り、真生はトランプ程度の大きさの紙を広げながらテーブルに載せた。そのメモに手を伸ばした途端、森脇の指先がバチッと青い火花を放った。驚いて指を引くと、真生が「ごめんなさい」と頭を下げた。あらためて、メモを手に取る。

〈今夜10時　自宅待機厳首、榎本〉

と書かれていた。〈守〉を〈首〉と書いているのは、わざとなのか、単に無知なのかわからなかった。

「休み時間にトイレから戻ったら、机に石が載ってて、どけたらそれだったんです」

「こういう呼び出し……というか、呼びかけというのか、よくあるの?」

真生は首を振る。

「初めてです。僕はみんなから嫌われているし、気持ち悪がられている魔王ですから。誰も話しかけてこないし、僕と連《つる》もうとする人もいない」

「友達はゼロ?」

「ゼロです。外出しているときは——学校でもそうですけど、こういうアースが取れないので、フットストラップのアース線を地面に直接垂らして、ズルズル引き摺っているんです。地面の状態によっては、ちゃんとアースが取れないことも多いから、油断しているとなにかの拍子に放電しちゃう」

「放電って、どんな?」

「見たいですか?」

思わずツバを飲み込んだ。

真生が椅子《いす》から立ち上がった。

見ていると玄関へ歩き、下駄箱の脇から耐火煉瓦《れんが》のブロックを一つ、部屋の中に持って入る。壁際の床にその煉瓦を置き、テーブルに戻って来た。椅子に腰を下ろすと、左足を膝に引き上げ、フットストラップを外した。

「………」

途端に、森脇の全身の毛穴が開いた。強烈な磁場に包み込まれたような感覚。自分の息が荒くなっているのがわかる。

「弱めに軽くやりますね。あの煉瓦、見ててください」

思わず息を詰めた。

次の瞬間、森脇は文字通り飛び上がりそうになった。

真生が前方に伸ばした右手の指先から、溶接の火花のように強い光が、稲妻となって煉瓦を狙撃《そげき》した。部屋の中が数十個のストロボを同時に焚《た》いたように光り輝いた。

「――――」

煉瓦には、その真ん中に小指の太さほどの穴が開いていた。

真生がフットストラップを左足に装着する。包み込んでいた磁場がすっと消えて、森脇は大きく息を吐き出した。

「だからみんな〈魔王〉って呼ぶんです。友達なんてとんでもないですよ。話しかけることだってしない」

だけど……と言いかけて、声が裏返りそうになった。

「だけど、榎本君は昨日の夜、会いにやって来た」

「そうです。すごく怖かった」

「……用件はわかってたの？」

「なんとなく想像はついてました」

「榎本君の妹の亜希さんが、安曇君につきまとわれていると聞いたんだけど」

「はい」と真生が頷いた。「あちこちで言いふらしてるみたいです。ほんとに、僕がストーカーしてると思ってる人もいるし、先生にも呼ばれたし」

「実際は、つきまとったりしていない？」

「いないです。絶対。もし、したかったとしても、できるわけがない」

「ちょっといいですか？」ずっと黙っていた有美が口を開いた。「原因は、真生じゃなくて私なんです」

「有美ちゃん」

姉を見返した真生に有美は首を振った。

「話すんだったら、ちゃんと話さなきゃわかってもらえないでしょ。真生だと言いづらいこともあるから、私が話す」

森脇は有美の目を真っ直ぐに受け止めた。

「話してください。記事にすべきかすべきじゃないかはきちんと判断します。お姉さんが原因というのは、どういうことですか？」

「このあとも、私は支度をして仕事に出るんです」

「このあと？　今帰ってこられたのは、途中の休憩ですか？」

有美が首を振る。

「別の仕事です。夜は週に四日、飲み屋さんで仕事をしてるんです」

「そりゃあ……大変だ」

「それはいいんですけど、私が勤めてるお店に、榎本さんのお父さんが来られたんです」

「…………」

「たぶん、いま森脇さんが想像されたこととは違います。榎本さんのお父さんのお目当ては、私じゃなくて、お店で一緒に働いている志帆《しほ》ちゃんなんです。ただ、志帆ちゃんのほうはあのお父さんが苦手で、誘われても断っていたんですね。彼は、私と志帆ちゃんの仲がいいのを知って、私も含めてご飯に誘ってきたんです」

「ああ、なるほど」

「ほんとにそのときはご飯だけで……ちょっとお酒も入ったけど、別にその後があるわけじゃなくてバイバイってことになったんですけど、帰りが私のほうが遠かったんで、送ってくれたんです。一度は断ったけど、断り続けて機嫌を悪くされるのも怖かったたんで、送ってもらいました。で、そのときに娘さんに……亜希さんに見られてたみたいなんです」

そうか、と森脇は頷いた。少しずつ形が見えてきた。

「亜希さんは、お父さんが私と浮気をしているって思い込んじゃったみたいなんですね。本当は、あの人は根っからの遊び人で、あちこちでいろんな女性とそういうことをしているみたいなんですよ。でも、たった一度私がお父さんと一緒にいるところを見ただけで、亜希さんは、私がお父さんを誘惑しているんだって思った」

「うーん。参ったな」

「亜希さんが言いふらしているのは、真生のことだけじゃないんですね。どちらかと言うと、私に対しての怒りというか恨みが大きいわけですから。弟を食べさせるために売春してる。男を誘惑していくつも家庭を壊してるって、言ってるみたいです」

森脇は首を振った。

「ひどいな、それは」

「昨日、真生が呼び出されたのも、そういう流れがあったからなんですよ」

森脇は、姉弟を見比べた。

しかし肝心な部分をまだ聞いていない。真生のほうへ向き直った。

「榎本光博君は、なにを言いに来たの」

真生が大きく息を吸い込んだ。

「話したいと言うけど、ここには入れたくなかったんで、外に出ました」

「外を歩きながら話そうと？　それともどこかに二人で行こうとしてたの？」

「行く場所なんてないです。ブラブラ歩きながら話をする……まあ、僕と歩くと、誰でも距離を置きたくなるから、実際には並んで歩くような感じじゃないんですけどね。それに、外出用のフットストラップは着けていても歩けば歩くほど帯電してきてしまう。さっき森脇さんも感じたでしょうけど、あんな状態になるんです」

森脇は苦笑いを浮かべながら頷いた。

「じゃあ、あんまり話もできなかった？」

「そうですね。やっと話せるようになったのが、あのガソリンスタンドの前でした」

「うん」

「榎本が立ち止まったので、僕も歩くのをやめました。時間も遅かったから、スタンドは空《す》いてたし。榎本は僕から少し離れて、自動販売機のほうまで歩いて行ったんです。どうしようかと思ったけど、僕はやっぱりついて行けませんでした。たぶん、僕が行ったら、自販機が壊れちゃうから」

「……ああ」

「自販機の前で、振り返って、あいつは大声でひどいことを言い始めました――」

言葉を詰まらせた真生に、有美が頷いた。

「そのまま言っていいよ。へんにぼやかさなくていいから」

真生は姉に頷いた。

「お前の姉貴とやらせろって、あいつは言ったんです」

「え……?」

「ほとんど人はいなかったけど、スタンドの事務所とかには人の姿が見えてたし。でも、あいつは大声で、お前んちの家計に協力してやるよ。姉貴の値段って一発いくらだ? 一万円ってことないよな。そんな高いわけない。二千円ぐらい払ってやればいいか。十発やれば、一発ただにするとかあるんじゃないの……」

真生の声が震えていた。

聞いているのがつらくなってきた。榎本光博の言葉がつらいと言うより、それを言う真生の声を聞くのがつらかった。

そして気がついた。先ほどよりも、真生の磁場が強くなってきている。

「あいつは、そんなことを繰り返し言いながら、ポケットからお金を出して自販機に入れてたんです。抑えられなくなって、僕も大声を出してました。身体中が熱くなってたし、顔も手もブツブツ沸騰《ふっとう》するみたいになってたから、ほんとは僕にも危ないってわかってたんです。でも、抑えられなくなってた」

真生の呼吸が荒くなっていた。森脇の皮膚もざわつきはじめている。

「あいつは、僕じゃなくて、世間に言いふらすみたいにして、大声で言ったんです。お前の姉貴も大変だよな。お前の電気代払うために、股《また》開かなきゃなんないなんてさ――叫んでました。僕は叫んでました。よくわかりません。気がついたら、スタンドの奥に停めてあったタンクローリーがすごい音を立てて爆発したんです」

真生の喉が、ひゅう、と音を立てた。同時に部屋の磁場が大きく揺らいだ。

「見たら、あいつは、自販機の前で俯《うつぶ》せになって倒れてました。そんなつもりじゃなかったんです。あんなことを起こすつもりじゃなかったんです。僕……」

しばらく、誰も口を開かなかった。

‡

森脇は、結局無難な途《みち》を選んだ。取材で得たことの大半はパソコンの中にしまい込み、記事には活《い》かさなかった。爆発事故は「給油作業中、何らかの原因で引火し爆発炎上した」という消防署の見解をそのままいただいた。消防署の公式見解を報じて文句を言うものは誰もいない。

榎本光博は一命を取り留めたものの、二週間後に再手術が行なわれ、一箇月が経っても病室に閉じ込められたままだった。

ただ、森脇はこの事件に幕を引くことができなかった。なによりも、安曇姉弟との出会いを、そのままに終わらせることが自分自身への裏切り行為のように思えて仕方なかった。

「エレクトリフィケーター？　なんだそれ？」

週刊エタニティ編集部の増山五郎《ますやまごろう》は、電話の向こうで素っ頓狂《すとんきょう》な声を上げた。

「たぶん俺の造語。〈帯電人間〉を英語に訳しただけだよ」

「その高二の男の子がエレクトなんたらなわけだ」

「で、飛島《とびしま》先生に引き合わせてもらえないかなと思って」

「たぶんノープロブレムだね。都合、訊いてみるよ」

ガソリンスタンドでの爆発事故から一箇月半が経った日曜日、森脇欣也は飛島潤《じゅん》を伴って、再びエバーハイム二〇四号室を訪ねた。

紹介を終えた途端、安曇真生の身体が震えはじめた。あまりの感激に、真生はそれからしばらく口を利くことさえできなかった。

飛島潤が連載している〈招かれざるゴーストハンター〉を、安曇真生は毎週欠かさずにコンビニで立読みしていた。週刊エタニティで真生が読みたいのは飛島のコラムだけだったから、雑誌を買ったことは一度もない。だいたい、雑誌を買うお金が真生にはなかった。しかしそれでも、真生は紛《まぎ》れもなくコラムの愛読者だった。

「頼みがあるんだけど、いいかな？」

飛島が真生に訊いた。真生は言葉を出さずにただ頷く。

「そのフットストラップ、一度外してみてくれないか？　それとも危険過ぎる？」

真生は大きく呼吸を繰り返しながら、小さく首を振った。

「危険だってときは、真生君にわかる？」

頷く。

「じゃあ、こりゃ危ないかもって思ったら、フットストラップを着けてもらうってことで、どう？」

「……はい」

ようやく真生は小さく声を出した。

左足を右膝に載せ、真生はフットストラップを裸足の足からするりと抜き取った。

「おおお……」

飛島が声を上げた。

帯電を開始した真生の身体が、二〇四号室を身の毛もよだつ電界空間に変える。森脇は、自分の腕毛が総立ちになっていることに気づいた。

飛島は眼を閉じ、顔を仰向《あおむ》けて微笑《ほほえ》んでいた。その口からは「おおお」という声が洩れ続けている。

「これ以上は危ないから着けます」

真生が言ってフットストラップが装着されると、部屋の電界がゆっくりと沈んでいく。

「素晴らしい！　ほんとに素晴らしいよ、真生君」

飛鳥が言うと、真生はこれまで見たことがないほど破顔した。

聖なる子

指定された若城《わかぎ》スポーツ公園の敷地は、想像していたよりもずっと広大だった。駐車場も二百台分ほどのスペースが用意されている。

へえ……と意外な気持ちで、増山五郎《ますやまごろう》はクルマから降りた。

ただ、学校が春休み中の土曜日にも拘《かか》わらずクルマはパラパラと二十台程度が駐《と》められているだけで、施設がフルに活用されているとも思えない。まあ、増山を呼び出した中学二年生の新関智香子《にいぜきちかこ》がクルマで来ているとは思えなかったし、利用者の数を駐車場の使用率だけで判断するのも乱暴ではあるけれど。

駐車場の端に案内板を見つけて、増山はまずそちらへ足を向けた。施設の全体を見てみると、公園には野球場と多目的総合競技場があり、テニスコートが六面と、その脇《わき》にはゲートボール場まで用意されている。体育館は大小の二棟があるが、新関智香子が舌っ足らずの甘えた声で言った「小体育館《ショータイイッカン》」は芝生広場の横にあるようだった。

歩くと陽射《ひざ》しが暖かい。広い石畳の道には、十メートルほどの間隔で両側にベンチが設《しつら》えられている。そのベンチの一つに腰を下ろしている老人が、じっと増山を見つめていた。老人の足下にはクリーム色の小型犬が背筋を伸ばすようにして座っている。チワワのように見えるが、増山には犬の種類がわからなかった。

約束の十時は過ぎていたが、小体育館の入口には人の姿が見えなかった。建物の中から洩《も》れる喚声が入口まで聞こえている。

中を覗《のぞ》くと、沓脱《くつぬ》ぎにはスニーカーだのローファーだのが乱雑に散らばっていた。下駄箱は利用されず、スリッパに履き替えることもほとんど守られてはいないらしい。

「………」

スマートフォンを取り出し、メールに添付されていた動画を再生してみる。「驚異の超能力をご紹介しますっ！」と流れ出した舌っ足らずの声に、慌《あわ》てて再生ボリュームを下げた。

笑顔の女子中学生の顔を確認するだけで、増山はそのまま動画アプリの停止ボタンをタップした。彼女のキンキンした声を聞いて、奥歯の痛みがまた強くなる。歯科医院へ行かなくてはと思うのだが、なんとなくズルズルと延ばし延ばしになっていた。放置すれば最悪な状態に追い込まれるのはわかっているが、世の中に歯医者ほど嫌いなものはない。

スリッパに履き替え、体育館の内部《なか》へ入った。卓球の練習が行なわれているようだった。卓球台はやや建物の奥へ寄せて六台が置かれている。二台が女子シングル、三台が男子のシングル、残る一台では混合のダブルスが行なわれていた。

その向こうでは、素振りをしながら待機している選手が八名ほど。最近の子供たちの体格はわからないが、彼らの雰囲気は高校生ぐらいを思わせた。中学生には見えない。審判の姿はないし、観客もいない。明らかに試合ではなかった。

視線を巡らせると、壁際に女の子が三人立っていた。観客には思えない。見学……いや、冷やかし程度だろう。春休み中だからか三人とも制服ではなく私服だ。

手前の一人が増山に気づき、他の二人に声をかけた。一番向こうにいるのが動画に映っていた新関智香子だった。増山は彼女たちのほうへ真《ま》っ直《す》ぐに歩いた。軽く会釈《えしゃく》をする。

「情報を下さった新関さんですか？　週刊エタニティの増山です」

いきなり三人の女の子たちがキャキャキャッと笑い出した。なにを笑われているのかがよくわからない。

三人の中では新関智香子が一番派手な空気を放出していた。アイドルを意識したようなウエーブのかかったツインテールの髪を両肩へ垂らし、頭に二つ、胸元にも一つ、大きなチェックのリボンがとめられている。他の二人の身なりは、彼女に比べるとずっと子供っぽく、しかも野暮ったかった。

「見学中ですか？」と増山は後ろの卓球台を振り返りながら訊《き》いた。

ううん、と新関智香子が首を振る。

「ヒマつぶし中」

「ああ……待たせてしまって申し訳ありません。早速話を聞かせてほしいんですけど、ここより外のほうがよくないですか？」

「オッケー」と、新関智香子が頷《うなず》いた。

やはりキャッキャと笑い声を上げながら、三人は入口のほうへ走って行く。

「………」

増山はなんとなく溜息《ためいき》を吐《つ》いた。いささかうんざりしながら、彼女たちの後ろから入口へ歩く。先ほど脱いだばかりの靴を下駄箱から取り出し、飛び出して行く女の子三人を追った。

新関智香子はメールに中学二年だと書いていた。他の二人も多分そうなのだろう。中学高校あたりのガキとどう付き合ったらいいのか、増山にはわからなかった。しかも女子なのだ。自分が彼女たちの年齢だったころからずっと、女の子への対し方はわからない。そもそも、相手にさえされていなかった。

彼女たちは体育館脇の斜面を駆け下り、芝生広場のベンチに腰を下ろした。増山のほうを振り返り、また三人で顔を見合わせて笑う。

並んで座るというのも具合が悪く、増山はベンチの前に立って彼女たちと向かいあった。なんだか……これもやりにくい。ショルダーバッグの中からコンビニのレジ袋を取り出した。

「オレンジジュースとウーロン茶、どっちがいい？」

タメ口で訊いた。そのほうが自然のような気がした。彼女たちはレジ袋を覗いてそれぞれ一本ずつ取り出し、袋は増山に返して寄越《よこ》す。まだ三本のウーロン茶が残っていた。多めに買っておいてよかった。

「新関さんは、ウチの週刊エタニティを読んでくれているの？」

訊くと、智香子はジュースのプルタブを起こしながら首を振った。

「お父さんが読んでるのをお兄ちゃんが読んでる。あたしはテーブルに放り出してるのを、ときどき見るぐらい」

「ああ、どうもありがとう。〈招かれざるゴーストハンター〉を読んでメールを送ってくれたんだよね」

智香子が頷いた。他の二人はジュースを飲みながらニコニコと笑っている。

「読んでるのは〈マネゴハン〉とマンガぐらい。あとは、あんまり……ってか、つまんないのは無理だし」

アスカ先生が聞いたら喜ぶだろうと、増山は頷きながら笑いを返した。

〈招かれざるゴーストハンター〉の執筆者飛島潤《とびしまじゅん》のことを、増山は〈アスカ先生〉と呼んでいる。失礼なことだが、最初に名刺を交換したとき、彼の名前を「飛鳥《あすか》」と読み間違えてしまったのだ。慌てて詫《わ》びたが、意外にも当の先生が気に入ってしまった。増山の読み間違えを面白がるように「ト、ビ、シ、マ、です」と言い直す。だから、そのまま「アスカ先生」と呼び続けるようになった。

「マネゴハンって呼んでくれてるんだね」

「お兄ちゃん、そう言ってるよ。タイトル、長くて覚えづらいし」

頷きながら、ベンチの女の子たちを見比べた。

「動画に映ってた柳瀬綾《やなせあや》さんには、来てもらえてないんだね」

言うと、智香子は罐《かん》ジュースを持ったままの手を前方へ上げた。その人差し指が芝生広場の向こうを差している。

「綾さまはあそこ」

増山は智香子の指し示すほうを振り返った。

あやさま……。

広場の反対側にもベンチが並んでいる。その一つを数人の人影が取り囲んでいた。遠くて顔の判別までは難しいが、少女が一人ベンチに腰掛け、彼女の前の芝生に五人の男女が腰を下ろしている。

「あのベンチの子が……？」

そ、そ……と、智香子は真面目《まじめ》な表情になって頷いた。

「治療中」

智香子から、もう一度、向こうのベンチの柳瀬綾に目をやった。

治療——。

智香子によれば、柳瀬綾には怪我《けが》や病気を治す能力があるらしい。メールで送られてきた動画には、その治療の様子が撮影されていた。

——同じ中学校の生徒だろう、学生服の男の子が床に体育座りをして、ズボンの右裾《みぎすそ》をたくし上げている。その臑《すね》には、十センチほどの傷が細い瘡蓋《かさぶた》を作って走っていた。大袈裟《おおげさ》に痛がってみせている男子生徒の表情がわざとらしい。すでに瘡蓋になっている細い傷だ。痛いわけがない。

柳瀬綾が、その傷の上に手をかざし、気持ちを集中させるように深呼吸を繰り返した。傷痕《きずあと》の上端に人差し指を置き、ゆっくりと傷をなぞっていく。その彼女の指が通り過ぎた皮膚から瘡蓋が跡形もなく消えていた。

男の子が大袈裟に「なおった！　ぜんぶ消えた！」と大声を上げ、唐突に動画が終了する。

退屈でやたら長く感じる五分程度の動画を見終えて、増山は「なんだよこれ」と苦笑した。下手《へた》な手品にしか見えなかった。他人《ひと》を驚かせようとして作った動画だということがバレバレだ。この新関智香子は、ネットの動画投稿サイトにもこれをアップしているのではないのか。

だから、その動画を飛島潤に見せたのはコラムのネタになると考えたからではなかった。単なる笑い話を提供しただけだったのだ。

「よくやりますよね。今の中学生は僕らのころとイタズラのレベルが違う」

「うまく作ってるじゃないですか。これ、トリック？」

　飛島は増山のスマートフォンを覗き込んで言った。

「CGでしょう。画像とか動画を加工するアプリって、わんさかあるんですよ。参っちゃうぐらいすごい機能なのに、それを無料で配布してたりとかしますからね。簡単にスマホでこういうの作れちゃう時代なんですよね」

「すごいですね。クラウドにアップしといてくれませんか。面白いからとっておきたいんで」

　そして、数日後、飛島は意外なことを言ってきた。

「増山さん、この前の癒《い》やし少女、ちょっと調べてもらえないですか？」

「癒やし少女？」

「傷を治しちゃう中学生の女の子」

「ああ……調べるって、どういう話ですか？」

「本物かどうかってことです。本物だったら、是非会いたいですから」

「いや」と、増山は笑いながら首を振った。「本物なわけないでしょう」

「いや、あの動画調べてもらったんだけど、必ずしもCGで加工されたものだとは言い切れないという結果が出たんですよ。じゃあ、物理的なトリックを使ったマジックかというと、それも断言はできない。真偽のほどは、会ってみるまでわからないって状態ですのでね」

「会う……んですか？」

「本当は、データをいただいて、僕が会いに行くべきだってわかってるんですが、なかなか時間を作るのが難しくて。いや、増山さんがお忙しいこともよくわかってますけどね」

「下調べは僕の仕事ですから行きますけど。でも、アスカ先生、傷を治しちゃうような超能力ってそんなものあるわけがないでしょう」

あれ？　という顔で飛鳥が増山を見返した。

「癒やしの能力は二千年前から存在している有名なものですよ」

「二千年……」

「正確にはもっと前からありますけどね。最も有名なものが聖書に書かれています。イエス・キリストは多くの人たちに癒やしを施したんですよ。怪我を治し、病《やまい》を退けた。終《しま》いにはラザロという死人を甦《よみがえ》らせることまでやってのけた。これはね、ある意味で最もポピュラーな超能力です。ですから、その癒やしの能力を持った人は世界中にたくさんいるんですよ。まあ、大半はインチキだったりするんですけどね。ただ、残念なことに、僕は癒やしの能力を持った本物に会ったことがありません。ですから、あの少女がどっちなのかということに興味があるんです」

「はあ……」

――ということで、増山がこの若城スポーツ公園に来ることになったのだ。

「柳瀬さんは、前からみんなの怪我を治したりしてたの？」

訊くと、女の子たちが顔を見合わせた。答えたのは、結局、新関智香子だった。

「一年の二学期ぐらい？　だよね、最初って」

友人二人に同意を求める。二人が頷くのを見て、智香子も増山に頷いてみせた。

「始業式のあとだよ」と、右隣の女の子が言う。それに左隣が、そうそう、と頷いた。

「掃除しててガラス割ったんでしょ」

「なわけ。ガラスだ」

増山はしかめた顔を誤魔化《ごまか》すために、その顔をひと撫《な》でした。

「ええと、二学期の始業式のあとで教室の掃除をしたんだね？　その掃除してるときに誰かが窓ガラスを割った？」

「岩田《いわた》」と、智香子が答えた。

「イワタ？」

「男子。岩田晋弘《くにひろ》。割ったガラスで手を切った」

「つーか、掌《てのひら》だよね。パカッて」

智香子の右隣の子が言いながら自分の右手を開いて見せた。

「なるほど」

「ビャーッて血が出たからパニクった」と智香子が続ける。「ずっと壁に血の痕《あと》が残ってたぐらいすごい血」

「ええと……その怪我を、柳瀬綾さんが治したってこと？」

舌足らずの智香子の言葉が鬱陶《うっとう》しくて、増山はだんだん苛《いら》ついてきた。こいつらの言うことは、全部バカっぽい。

「みんなびっくりして、なんか怖かったよね。綾さまがサーッて近づいて行って、岩田の手首を摑《つか》んだの。叫んでた岩田もびっくりして綾さまを見て。そしたら、綾さまが岩田の掌を押さえるみたいにして〈ウー〉って言ったのよ」

「治した？」

結論を急がせた。智香子の繰り返す「綾さま」が耳障りだった。

「すごかったよねー」と左隣の子が言った。三人は口々に「すごかった」を繰り返す。

「血が止まった？」

智香子が首を振った。

「元通りになったの」

「もとどおり？」

「綾さまが岩田の手を放したら、掌《て》の傷がなくなってたの。怪我なんてしなかったんじゃないかって思うぐらい。でも、壁とか床とか血だらけだったし。岩田のシャツや靴も血だらけ」

「……岩田君がガラスで手を切ったのは確かだけど、傷は消えちゃったと」

「そ、そ」

　増山は芝生の向こうを振り返った。柳瀬綾は先ほどと変わらずベンチに腰掛けていた。その前の芝生に五人の男女が座っている。〈治療〉をしているようには見えなかった。

「あそこに集まってる人たち、中学生に見えないけど、治療されてるのは同級生とかだけじゃないの？」

「最初はクラスの中だけだったけど、学年に拡《ひろ》がって、学校中に拡がって、先生とか、親たちとか——みんな綾さまに治してもらうようになったし」

「…………」

　増山は、また芝生広場の向こうへ目をやった。

‡

増山には、胡散臭《うさんくさ》い印象がまるで拭《ぬぐ》えなかった。その印象は、芝生広場を突っ切り柳瀬綾のいるベンチへ足を運ぶと、一層強まった。

もちろん、不思議な能力を持った人間がいることを、今の増山は否定しない。飛島潤のお蔭《かげ》で、増山は信じられないような能力を持った子供たちと出会うことができた。

指先から強烈な電撃を雷のように発射できる高校生を知っている。目の前にあるものを念力で一刀両断にできる小学生にも会った。かと思えば、ありとあらゆる昆虫を呼び寄せる力を持った四歳の女の子も知っている。他人の昂《たかぶ》った心の声を聞いてしまう中学生もいれば、翌日起こる惨事を絵にしてしまう女の子もいる。

彼らは全員〈招かれざるゴーストハンター〉で取り上げられたし、飛島だけでなく増山も会って言葉を交わした。彼らの能力は信じがたいけれど、すべてが本物だった。だから、今では増山も超能力の存在を疑ってはいない。

しかし、その本物たちと柳瀬綾には、決定的に違う何かがあるように感じるのだ。

〈招かれざるゴーストハンター〉には、このコラムがフィクションではなく事実だ、といった断り書きを載せていない。敢《あ》えて書かないというのが飛島の姿勢だった。何故《なぜ》ですかと訊いたとき、飛島はこう言った。

「こういう断り書きに意味がありますかね。この類《たぐい》のものって二通りあるでしょう？〈この物語はフィクションです〉というのと〈これは事実に基づいて作られています〉というの。フィクションだと断るのは、まだ僕にもわかるんです。事実だと勘違いされたら作者が嘘《うそ》つきになってしまうという虞《おそれ》――責任回避と言いますかね。でも、事実だという断り書きは厭《いや》ですね。僕がひねくれているからでしょうが、事実だと言われると〝嘘つけ〟と思ってしまうんです。数学や論理学でない限り、ある現象についての解釈は一つじゃないですからね」

わかったようなわからないような言葉に増山も編集長も説得され、断り書きを載せようという案は連載初回から却下された。

だから〈招かれざるゴーストハンター〉が飛島の創作だと考えている読者は少なくない。

「それでいいんですよ」

と、飛島は笑った。

柳瀬綾のいるベンチの近くまで来て、増山はその独特の雰囲気に息を詰まらせた。

「言い負かすのが、あなたのしたいことなんですか？」

と、柳瀬綾は言っていた。

彼女の前の芝生には、五人の男女が膝《ひざ》を抱えるようにして座っている。男が二人、女が三人。見たところ全員が四十歳を超えているだろうという印象だ。中の一人の女性が、口許《くちもと》をハンカチで押さえていた。どうやら、柳瀬綾はその女性に向かって話をしているらしい。

「お隣の方を言い負かしたら、あなたは幸せになれるんですか?」

「い、いえ……そういうことでは」

「私は、そのお隣さんを知らないですけど、あなたに言い負かされた隣の奥さんは、もっともっとあなたのことが嫌いになるんじゃないですか? たぶんあなたのほうが正しいんだろうと思います。でも、正しいから言い負かしていいってことにはならないと思います。言い負かされるのは、ひっぱたかれるのと同じぐらい痛いです。正しければひっぱたいてもいいとは思いません。言い負かさなくてもいい方法がある筈《はず》です。それを考えるといいんじゃないでしょうか」

ハンカチで口を押さえていた女性が、芝生の上で居住まいを正し正座した。柳瀬綾に向かって深々とお辞儀をした。

新興宗教みたいだ——と増山は思った。

治療中だと智香子は言ったが〈綾さま〉がやっているのは治療ではなく講話だろう。でなければ人生相談のようなものだ。正座して畏《かしこ》まっている婦人は、隣人とのイザコザを〈綾さま〉に話し、そして有り難い御託宣《ごたくせん》をいただいたのだ。

中学二年にしては柳瀬綾はずいぶん大人びて見える。話す言葉も、かなりこましゃくれているし、老成している。増山の横にいる智香子たちとはエライ違いだ。しかし、とはいえ、中二といえば十四歳程度。彼女の周りに集まっているこの連中にしてみれば、娘のような年齢ではないか。自分の娘ほどの歳《とし》の女の子に人生相談をする……増山には信じられなかった。

そのとき、柳瀬綾が首を回し、増山のほうを見た。横に新関智香子たちがいるのに気づいて、鼻先をヒョイと上げた。

「今日《きょう》は、ここまでにさせて下さい。ごめんなさい」

柳瀬綾が言うと、ベンチの前で講話を聞いていた信者たちが「ありがとうございました」と声を揃《そろ》えて言った。芝生から立ち上がると、彼らは深々と柳瀬綾にお辞儀をする。中の二人は、ベンチから少し離れて立っている増山たちのほうへも会釈をした。そして、五人は芝生広場をぐるりと巡っているジョギングコースを歩いて、南西ゲートのほうへ去って行った。

「あの、えっと、週刊エタニティの人です」と、智香子が柳瀬綾に声をかけた。

彼女に対しては敬語なんだ……増山は驚いて智香子を見返した。

柳瀬綾はベンチから立ち上がり、智香子に頷くと増山のほうへ歩いてきた。増山は、彼女に小さく会釈をした。

「週刊エタニティの増山です。柳瀬さんのことを新関さんに教えてもらってやって来ました」

柳瀬綾は、軽く会釈を返しながら、増山の正面に来て足を止めた。真っ直ぐに増山の眼《め》を見つめてくる。その視線を、文字通り頭のてっぺんから足の爪先《つまさき》までゆっくりと往復させた。

「そこ、痛そうですね」

と、小さいけれど通る声で柳瀬綾が言った。

「え?」

訊き返すと、すいっと指先を増山の顔へ伸ばしてくる。

「奥歯。右の上の奥歯に穴が開いてクレーターみたいになってます。歯茎も腫《は》れてるし、すごく痛そうだと思って」

「…………」

思わず息を止めた。反射的に右頰《みぎほほ》を手で押さえた。

「治しますか?」

言われていることを理解するのに一瞬の間が空《あ》いた。眼を瞬《しばた》き、増山は息を吸い込んだ。

「いや、そういうことで柳瀬さんに会いに来たわけじゃ……」

目の前の少女が頷いた。

増山とは頭一つぐらいの身長差がある。よく見ると、柳瀬綾は能面のような白い顔をしていた。表情がまるでない。見上げている黒目勝ちの眼はガラス玉を嵌《は》め込んだようにキラキラと輝き力を放っているが、その眼にも感情は感じられなかった。

その彼女の左手が、増山の顔へ伸びてくる。

戸惑った。こういう展開は予想していなかったし、正直なところ気味が悪い。しかし、頭で思っていることと心の反応が矛盾を起こしていた。

伸びてくる柳瀬綾の手を拒むことができなかった。拒もうと思えばできるが、その気持ちが退《ひ》いてしまっている。

ふと、背伸びをさせていることに気がついて、増山はつい、芝生に膝をついた。なんだか柳瀬綾の前に増山が跪《ひざまず》いたような格好になった。

細い手が増山の右頬を包み込むようにして当てられる。

「…………」

冷たい掌《てのひら》だった。右頬に手を置いたまま、柳瀬綾が眼を閉じた。ゆっくり息を吸い込む。

あ……と、思わず声を上げそうになった。

突然、柳瀬綾の左手が熱を帯びた――いや、彼女の掌ではなく、熱くなったのは増山の口の中のほうだった。まるで赤外線ストーブを直接当てられたようなジリジリと灼《や》けつく感覚が、増山の上顎《うわあご》を膨張させる。同時に、脳に響く鋭い激痛が顔を顰《しか》めさせた。しかし、その激痛はたちまち穏やかに沈み、鈍痛へ変わると、その感覚もどこかへ吸い込まれて消えた。

柳瀬綾が眼を開いた。頬に当てていた手が放される。増山の顔を見つめ、そして一つ頷いた。

「はい。終わりました」

「あ……その」

増山は、自分の頬に手をやった。

奥歯の痛みが消えていた。恐る恐る舌の先を右上の奥歯へ伸ばしてみる。

「…………」

歯が復活していた。間違えて食べ物が当たった拍子に、それだけで激痛が走る——そのあたりを舌で探ってみるが、痛みのポイントが完全に消失している。いや、それどころではない。侵蝕《しんしょく》された奥歯の穴自体が塞《ふさ》がれてしまっている。今増山の舌先が探っているものは、虫歯になる前のツルツルの奥歯だった。

「これは……」

思わず人差し指を口に突っ込んだ。

奥歯が健康な状態に戻っていた。爪《つめ》の先で歯の表面をコツコツと叩《たた》いてみる。痛みなどどこにもなかった。

自分が、芝生の上にペタリと腰を落としていることに気がついた。知らないうちに、増山自身が芝の上で正座していた。

前に立っている柳瀬綾を見上げた。

「治ってます」

情けなくなるような言葉しか、口から出なかった。その言葉に、柳瀬綾が頷いた。

「はい」

ええと……と、増山は正座のまま、言うべき言葉を探した。あまりのことに、思考が飛んでいきそうになる。

「その……柳瀬さんは、週刊エタニティの〈招かれざるゴーストハンター〉というのをお読みいただいたことがありますか？」

「はい。読んでいます。とっても勇気をいただいてます」

「勇気……ですか？」

「はい」と柳瀬綾が頷く。「私だけじゃないんだってことを、飛島先生の連載で教えていただきました。〈招かれざるゴーストハンター〉は、一回も欠かさずに、全部スクラップしてありますから」

「ほんとですか」

「気持ちが塞いだり、どうしたらいいのかわからなくなったようなときは、スクラップを出してきて読むんです。ああ、私だけじゃない。同じことで傷つけられたり悩んでいる人たちがこんなにいるって、勇気をいただけるんです」

それを話すときも、柳瀬綾の顔には表情がなかった。

「飛島潤先生が柳瀬さんのことを知って、会いたいと仰有《おつしや》ってるんですが、先生に会うお気持ちはありますか？」

「はい。是非、お目にかかりたいです」

増山が頷くと同時に、後ろにいた新関智香子たちが拍手をした。

その拍手の意味が、増山にはよくわからなかった。

‡

その会見は、少し変わった形で実現されることになった。

「今度の合宿に、その柳瀬綾さんも加わってもらうのはどうかと思ってるんですよ」

飛島は、増山の報告を受けた翌日、唐突にそんなことを言い出した。大学の正門を入ってすぐの噴水広場だ。大学創設者の胸像脇にあるベンチに腰掛けて、飛島は綴《つづ》りの間から封筒を一つ取り出した。

「え？　だって、柳瀬さんはまだアスカ先生とも会ってないし、いきなり合宿だなんて大丈夫なんでしょうか」

「いえ、もちろん、柳瀬さんがＯＫしてくれたらってことですよ。他の面々だってそれぞれが会うのは初めてなんですからね」

「五人の参加は……」

「全員から参加の返事が来ました」

「わあ、そうですか」

「柳瀬さんが、僕の連載を読んでくれて、自分だけじゃないんだって言ってくれたわけでしょう？」

「そうです。全部をスクラップしてくれてるみたいですしね」

「だとすると、今回の合宿に参加してくれる可能性も、けっこうあるんじゃないかと思うんです。手紙を書きましたので、彼女に送ってあげてくれませんか」

　手の封筒を増山に差し出した。

「わかりました」

　増山が封筒を受け取ると、飛島はこんなことを付け加えた。

「彼らに名前を進呈したらどうかって思うんです」

「名前を進呈……？」

話がまるで見えなかった。

「今回の合宿に参加してくれる全員を総称するグループ名っていいますかね」

「なんですか、それ？」

　クスクスと飛鳥は肩を揺すって笑った。

「アイドルグループみたいなやつですよ」

「ＡＫＢ48とか、みたいな？」

「そうそう」

「いや、なんだか先生、すごく楽しそうですけど、意味がわかんないですよ。ＣＤ出そうってことじゃないんでしょう？」

「タレントに仕立ててどうするんですか。違いますよ」

「ですから、なんのために、そんなことを？」

「それこそ、柳瀬綾さんが言ったことですよ。私だけじゃない――裏返せばいつもひとりぼっちだってことです。そうじゃないんだ。仲間がいるんだってことを、グループに入ってもらうことではっきりと自覚してほしいと思ったんです」

「仲間……」

「ええ。彼らの共通点は〝孤独〟です。〝孤立〟かもしれない。自分だけが他の人たちと違う。違うということで除け者《もの》にされ、変なヤツだの、化け物だの言われてしまう。

イジメられるのが辛《つら》いから学校に行かなくなる。それでなおさら孤立してしまう。世の中が厭になり、そして自分が厭になる。彼らにとって、自分が持っている能力なんて唾《だ》棄《き》すべきものなんです。彼らは自分から欲して能力を得たわけじゃない。わけがわからずに持たされてしまった無用の長物なんです。いいとこなんてどこにもない。ただの障碍《しょうがい》なんだ。彼らにとってはね。でも、そうじゃないんだってことをわかってほしいんですよ」

「……その、グループ名は決まってるんですか」

「思いつきなんですけど《チョーズン》というのはどうかなって」

「チョーズン？」

「〝選ばれし者〟と言いますかね」

「ああ、なるほど」

　つまり〝Chosen〟ということだ。

「流行《はや》りみたいだから、人数を加えると《チョーズン5《ファイブ》》いや、柳瀬さんが加わると《チョーズン6《シックス》》ですね」

「ああ、数字があったほうがカッコ良さげではありますね」

「自分は、除け者ではなくて選ばれた人間なんだということを彼らにわかってもらいたいんです。上手《うま》く機能してくれるかどうかはわかりません。でも、自分が《チョーズン

6》のメンバーだって自覚してもらえれば、なにかが変わるかもしれない。今回の合宿は、そういうものにしたいと思うんです」

増山は、飛島から渡された柳瀬綾宛《あて》の封筒に目を落とした。飛島の金釘文字《かなくぎもじ》で、ただ〈柳瀬綾様〉とだけ書かれている。

「柳瀬綾さんに限っては、これまでの五人とは少し違うようですけどね」と飛島が続けた。「増山さんも最初に違うという印象を持ったって言ってたでしょう」

「ああ、でもそれは、柳瀬さんの第一印象が、どこか新興宗教の教祖みたいな感じに思えたってことで……」

飛島が頷いた。

「違うのは、彼女の能力は人から受け入れてもらえるものだってことです。増山さんの虫歯を、彼女は跡形もなく消してしまった。柳瀬綾さんのお蔭で怪我や病気から解放された者がかなりいる。癒やしの能力は、キリストがそうだったように、人に受け入れてもらえる。それどころか、教祖のように崇《あが》められたりもします」

なるほど、柳瀬綾に自分が感じた違和感はそれだったのかと、増山は思った。

「じゃあ、他の五人のような疎外感《そがいかん》は彼女にはないと……」

飛島が、うーん、と首を傾《かし》げた。

「ないとは言えません。柳瀬さんが〝私だけじゃないんだ〟って思ったのは、他の五人同様孤立しているんだってことです。他の五人に比べたら、疎外感は小さいかもしれない。でも、孤立感は一番大きいかもしれません」

いきなり飛島の携帯がエレクトリカルパレードを鳴らし始めた。

もっと話を聞きたいと思ったが、飛島の電話が長引きそうな雰囲気を感じて、増山はベンチを立った。ジェスチャーで暇《いとま》を告げ、そのまま正門へ歩いた。

エレクトリカルパレードって……。

‡

増山が連絡すると、柳瀬綾は驚くほど即座に参加表明の返事をメールで寄越した。二人までなら付き添いの同行が可能だと説明したが、必要ない、とこれも即座に答えが返ってきた。

飛島潤が勤めている大学には、学生や関係者が利用できる厚生施設が用意されている。セミナーハウスという名前がついているようだが、山梨県の八ヶ岳南麓《やつがたけなんろく》にあるため《八ヶ岳寮》と呼ばれているらしい。《チョーズン6》の合宿は、その八ヶ岳寮のロッジを一棟借り切って行なわれることになった。

JR小海線《こうみせん》の清里《きよさと》というのが最寄《もよ》り駅になるのだが、一時間から二時間に一本という高原列車だし、標高千二百七十四メートルにある駅を降りてからもオトナの足でさらに四十分も山を登らなければならない。だから、合宿所への往《い》き帰《かえ》りには、大学のマイクロバスを借りることになった。

山口勝己《やまぐちかつみ》という情報コミュニケーションを専攻する学生が、バスの運転手として同行する。彼は三箇月前、バイトのために中型二種免許を取得したばかりだった。

もちろん、増山五郎も合宿参加メンバーの一人だった。記念すべき一回目の《チョーズン6》合宿の一部始終を、ビデオや写真に記録することが課せられた使命だ。

当日は——朝から雨が降っていた。

「残念な空ですね」

増山と飛島、そして運転手の山口は早朝の大学に集合した。他のメンバーたちは、順番にバスで迎えに行くことになっている。

「いや、却《かえ》って雨のほうがメンバーの交流にはいいかもしれないですよ」バスに乗り込みながら飛島が笑った。「気が散らずに話もできますしね。それに二泊三日なら、ずっと雨ってこともないでしょう」

飛島と増山は最前列のシートに並んで腰を落ち着けた。

「ボディアースは、ちゃんと取ってくれた？」

エンジンを始動する山口に、飛島が声をかける。運転席で山口が振り返って頷いた。

「取り付けの位置関係で、アースは最後尾になっちゃってるんですけど。それでいいですよね？　最後尾の座席下にフットストラップをつけてありますんで」

「どうもありがとう」と、飛島が満足そうに言い、バスは静かに大学の敷地を離れた。

《チョーズン６》には、特殊な能力を持った子供たちが集合する。その能力のほとんどが社会に適合するには厄介《やっかい》な代物だった。だから、今回の合宿に当たって、主催者である飛島には配慮しなければならないことがいくつもあった。

その最大のものが、安曇真生《あずみまお》の身体《からだ》が溜《た》め込む静電気をいかに安全に逃がすかということだった。彼には、ガソリンスタンドを爆破してしまうほどの強力な電撃砲が備わっているのだ。適切な静電気除去の処置がなされていなければ、常に帯電状態にある真生の傍《そば》には、誰も近づけない。携帯電話もパソコンも、すべての電子機器が破壊される。テレビでさえまともに観《み》られないのだ。

だから、必然的に、安曇真生を最初にバスに乗せてやる必要があった。なぜなら、クルマの乗降時が最も危険だからだ。

安曇真生と姉の有美《ゆみ》が二人で住んでいる〈エバーハイム〉は、ゴチャゴチャと建て込んだ住宅地の路地奥に建っている古いアパートだった。道路が狭くマイクロバスでは路地に入っても取り回しが難しそうだったので、クルマは表通りに置き、増山がアパートまで迎えに行く。携帯電話を使えないのだから、安曇姉弟《きょうだい》を呼び出すことができない。直接部屋まで行く必要があった。念のために、教えてもらった通り増山の携帯は静電気防止袋に包んだ状態でポケットに入れられている。

アパートの外階段を上がり、二〇四号室のドアをノックすると「はい！」と女性の声がした。ドアが開かれ、そこには満面に笑みを浮かべた有美と真生が立っていた。アースは取られている筈だが、それでも増山の腕から体毛が逆立つ。姉弟は二人とも大きなバッグを手に提《さ》げていた。有美が持っているのは旅行バッグだが、真生の手にあるのは破れかけのスポーツバッグだった。たぶん、どこかから拾ってきたものだろう。彼にとっては、生まれて初めての旅行なのだ。高校二年の今まで、彼は学校の遠足にさえ参加したことがない。

増山は二人に笑いかけた。

「用意は、できてるみたいだね」

ニコニコ笑いながら有美が大きく頷いた。

「昨日《きのう》からずっと準備できてました」

その言葉に姉の後ろで真生がクスクスと笑った。

「じゃ、出発だ。戸締まりをしっかりして出かけましょう」

この二人の表情を見て、増山は飛島が企画した今回の合宿の意義をあらためて感じた。

マイクロバスへ戻ると、飛島と山口は歩道で傘を差して三人を待っていた。笑顔の挨《あい》拶《さつ》が済むと、飛島が真生に言った。

「真生君の席はバスの一番後ろだ。後ろの左側の座席下にフットストラップが置いてある。僕たちはここで待ってるから、ストラップを装着したら窓から合図して」

「わかりました」

真生はガッツポーズをしてみせ、バスのドアへ向かった。

今真生が装着している静電気除去のフットストラップを、座席に用意されているものとつけ替えるまで、誰もバスには乗れない。それは有美にしても同様だ。もちろん停車中のエンジンは切ってあるが、バスの乗降時にはアースが地面から完全に離れる瞬間ができてしまうのだ。

真生がバスのステップを上がったとき、増山の横で山口が「うわっ」と低い声を上げた。あたりの空間が、一瞬強烈な電界に変化したからだ。まるで、視界までがソラリゼーションを起こしたような錯覚に襲われる。

しばらくして、最後尾の窓から真生が笑いながらＯＫサインを送ってきた。

それでようやく全員が乗車できる状態になった。

「訊くのを忘れたけど、真生君、トイレはすませてきてるよね？」

「あはっ、大丈夫です」

「途中何箇所かトイレ休憩の場所を確保してあるけど、オシッコのときは早めに教えてね」

「了解しました」

言いながら真生は楽しそうに敬礼した。

彼にとって生まれて初めての旅行が、今、始まったのだ。

‡

次に迎えに行く相手は、下畑《しもはた》みさきだった。今年四歳になったばかりの彼女は、祖母と二人で暮らしている。みさきの能力を怖《おそ》れて、両親は二歳のときに姿を消した。彼らにしてみれば、悪魔のような途轍《とてつ》もない能力だったからだろう。みさきは祖母の和恵《かずえ》に引き取られ、それからはずっと二人で暮らしている。

その能力とは、あらゆる種類の昆虫を呼び寄せてしまうというものだった。みさきにしてみれば、呼び寄せている自覚はない。彼女にとって虫たちは一緒に遊んでくれる〈おともだち〉なのだ。

能力が災いして、みさきと和恵は一箇所に長く住み続けることができなかった。みさきの周りでは、虫が異常発生して大変な騒動になってしまうからだ。虫の少ない冬場はまだいいが、夏になると数百数千、ときには数万匹の昆虫がみさきの周囲を埋め尽くす。住民の苦情が自治体に届き、大々的な害虫駆除が行なわれる——どこへ移り住んでも、それが繰り返された。

去年の秋ごろから、郊外にポツンと離れた一戸建ての木造家屋を借りて、下畑みさきはお祖母《ばあ》ちゃんと一緒に暮らしている。築八十年を超えるその家は山際に建てられているし、最も近い住宅までも七百メートルほどの距離があるから、呼び寄せられる虫が近隣に及ぼす影響もある程度は抑えられるだろうという判断だった。その判断を下したのは飛島潤だ。ただし、季節はこれから夏に向かう。夏は昆虫たちの季節なのだ。冬を迎えるまでは結論を出せないが、あるいは結局、ここも仮住まいになる可能性があった。

マイクロバスを家の前に停《と》め、増山は飛島と二人でみさきを迎えに降りた。みさきを合宿に参加させるためには、安曇真生とは違った意味で大きな問題があった。

彼女には《遮断服》を着てもらう必要があるからだ。

これまでの研究で、昆虫たちを呼び寄せているのは、みさきが身体から放っている分《ぶん》泌液《ぴつえき》だということがわかっていた。彼女が排出する唾《つば》や汗、そして尿までが、虫を引き寄せる。その威力は強烈で、実験では五万倍に希釈したみさきの唾液《だえき》に数種類の蛾《が》が反応したというのだ。

現在、彼女の分泌液についての報告には、製薬会社をはじめいくつもの企業や研究機関が興味を持っている。今後、みさきは自然科学の様々な分野での研究に大きく貢献するだろうという期待が寄せられていた。

しかし、最大の問題は、下畑みさきが就学前の四歳だということだった。研究材料にされるのは大人だって辛い。まして四歳の女の子なのだ。まだ、持っている能力に対しての自覚さえはっきりとはしていないのだから。

企業からの援助によって、二箇月ほど前、みさきのために《フェロモン遮断スーツ》が作られた。空気中に放出されるみさきの分泌物を九十九・八パーセントまで封じ込めて浄化するという特殊なスーツだが、飛島は単純に《遮断服》と呼んでいた。

見たところ、蜂の巣の駆除などの際に着用する防護服に似ている。上着とズボンが一体になったスーツと、ヘルメットに手袋、靴の各パーツを装着すると、まるで宇宙服のようにも見える。さらに腰には分泌フェロモンのフィルターとスーツ内の蒸れを防ぐための装置が取り付けられ、みさきを外気から隔てようというものなのだ。

最初こそ、みさきはこの銀色に光る《遮断服》を喜んでいたが、すぐに飽きた。こんなものを着て生活することがどれだけ苦痛かは、増山にだって容易に想像がつく。現在、改良型の《遮断服》が試作されているということだが、それはまだ出来上がっていなかった。

バスを降りて、雨の中で増山はつい足を竦《すく》ませた。

「…………」

木造の家の濡《ぬ》れた壁に、無数の羽虫が羽を休ませて止まっていた。蝶《ちょう》と蛾がほとんどだが、その種類は雑多だ。虫の活動が始まったばかりの三月の下旬でこうなのだ。

飛島が玄関で「こんにちは。みさきちゃん？」と声をかける。まもなく引き戸が開き、下畑和恵が顔を出した。祖母の脇をすり抜けてみさきが走り出てくる。壁の羽虫が一斉に飛び上がった。開けた戸の奥からも、虫たちが流れ出てくる。みさきの全身は、すでに虫たちで覆《おお》われていた。

「ご苦労さまでございます」と戸口で和恵が腰を折った。

「えんそく、いくのよ！」

みさきが声を上げる。

うん、と飛島が頷《うなず》いた。

「でもさ、行くのはみさきちゃんとお祖母ちゃんだけだから、虫さんたちは一緒に行けないんだよ？」

「うん。おるすばんよ」と、みさきは周囲の虫たちに告げる。

「だから、みさきちゃん、あの銀色のお洋服、着てくれるかな？」

途端に、みさきの表情が曇った。

「……きないでいい」

「遠足、ほら、このバスに乗ってくんだよ。着ないとさ、虫さんたちがいっぱい集まって来ちゃうでしょ。虫さんも一緒にバスに乗れないし、遠足にいけなくなっちゃう」

「きるのやだから」

「みさき」と、戸口を出てきた和恵が声をかけた。その手には、銀色の遮断服があった。

「わがまま言ったらダメでしょ。ジュンくん先生を困らしちゃダメ。ね、着ようね」

黙ったまま、みさきは頬を膨《ふく》らませた。

飛島は、みさきから「ジュンくん先生」と呼ばれている。大学の研究室に行ったとき、竹林《たけばやし》玲子《れいこ》准教授が飛島を「潤君」と呼んでいたのを聞いて、みさきはそう呼ぶようになった。

結局、遮断服を着ることをみさきに承知させるまで、さらに十分以上かかった。最終的に彼女にそれを着る決意をさせたのは、マイクロバスの窓から顔を覗かせている安曇真生の笑顔だったようだ。

「かっこいいじゃん。着てみせて?」

と、真生はみさきに言った。

みさきは笑顔に戻り、うんと頷いた。

‡

真生とみさきの乗車を優先させたために、バスは遠回りのコースを取って走って来た。しかしここからは、参加者を乗せる順番にさほど気を遣う必要はない。来た道をやや戻るようにして向かったのは児童養護施設《すくすく学園》だった。そこでは松田《まつだ》健太《けんた》が待っている。

来月から小学六年生だという健太の能力は、やはり危険極まりないものだった。刃物はもちろん、手も何も使わずに、彼は物を切断できるのだ。

気持ちを集中することで健太は自分の顔の前の空気を冷たく平たい剃刀《かみそり》のように変化させる。少し前までは、自分の意思とは無関係にそれが起こった。精神的に追い詰められたり、極度に恐怖を感じると、その剃刀が生じる。

それが相手を傷つけ、彼を怪物にしていった。

その健太が、自分の能力をコントロールできるようになったのは、比較的最近のことだ。

一度、飛鳥がふざけて「お好み焼きにしよう。健太君、このキャベツ微塵《みじん》切りにしてよ」と言ったことがある。その言葉がまだ言い終わらぬうちに、目の前のキャベツが胡《ご》麻《ま》粒《つぶ》ほどの細かさに粉砕された。

その場にいた全員が言葉を失った。

「こんなに細かくしてくれなくても、よかったのに……」

言うと、健太は泣き出しそうな顔で「ごめんなさい」と唇を噛《か》んだ。

飛鳥と増山は、慌てて「いいんだ。いいんだ。最高だ。でも、これ、どうやったの？」と慰めなくてはならなかった。

松田健太は、人一倍繊細で、優しい心を持っていた。すくすく学園に到着すると、健太は保育士の花木香奈子《はなきかなこ》と一緒に飛島が迎えに来るのを待っていた。

花木香奈子の右の掌の傷痕を、増山も見せてもらったことがある。人差し指の付け根から手首にかけて一直線に走るかなり大きな傷痕だった。三年近く前に健太によってつけられた傷だ。もちろん故意に切りつけたものではない。だが、その傷は逆に健太の心を引き裂いた。

抱えきれないほどの罪悪感と恐怖は、健太から施設での居場所を奪った。すくすく学園を飛び出した健太は、それから二年以上、浮浪生活をして過ごしたのだ。

「用意、できてる?」

訊くと、健太はリュックサックを背負い、マイクロバスを見上げたまま「うん」と大きく頷いた。

「みんなと仲良くね」花木香奈子が健太に声をかける。「帰ったら、土産話《みやげばなし》、いっぱい聞かせてよ」

「わかった」

頷く健太の顔に緊張が読み取れた。マイクロバスの窓に、真生とみさきの顔が貼《は》りついている。笑いながら手招きをしている二人に、健太は照れたように手を振り返した。

へえ、と増山は子供たちの様子を感心して眺《なが》めた。彼らはみんな初対面だ。なのに、会った途端に心を通わせているように見える。なにか通じ合うものがあるのだろうか。それが、飛島の言う〈仲間〉という意識なのだろうか。

雨を避けながら健太がバスに乗り込むと、花木香奈子は飛島に深く頭を下げた。

「よろしくお願いいたします」

「お預かりします」

笑顔で応《こた》え、飛島はバスのドアを閉めた。

何人もの子供を世話している花木香奈子に健太の付き添いで来てもらうことは不可能だった。ただ、松田健太はよほどのことでない限り付き添いを必要とはしない。二年もの間、彼は過酷な環境の中でゴミあさりをしながら生活していたのだ。

バスに乗り込み、あらためて安曇真生と下畑みさきに紹介されると、健太は「すげえ、本物じゃん」と笑いながら頭を掻《か》いた。

‡

〈綾さま〉こと、柳瀬綾は先日増山が訪ねた若城スポーツ公園の駐車場でマイクロバスの迎えを待っていた。一人ポツンと、傘を差して駐車場の隅に置かれたベンチの前に立っている。今日《きょう》は彼女の〈治療〉を受ける患者も、講話を聞きに来る信者もいない。

増山がバスから降りると柳瀬綾はゆっくりとこちらへ歩み寄ってきた。続いて降りてきた飛島を紹介する。

「はじめまして。柳瀬綾です。お誘い下さってありがとうございます。よろしくお願いいたします」

「……どうも。こちらこそよろしくお願いします。飛島潤です」

かえって飛島のほうがドギマギさせられている。初めて見たときにも感じたが、とにかくこの柳瀬綾が中学二年ということが信じられなかった。彼女のような落ち着いた振る舞いは、二十代の女性にだって、そうそう見られない。

言葉遣いや仕種《しぐさ》だけではなかった。服装のセンスだって中学生の女の子ではない。全身がベージュ系で統一されている。短いダメージデニムだけがくすんだ青で、ダウンコートもその下の薄いセーターやシャツ、淡い花柄模様のスニーカーも、さらに手許《てもと》に引き寄せているソフトキャリーのスーツケースや差している傘でさえ、ベージュ系でまとめられている。

「まず、乗りましょうか。移動しながら話を聞かせて下さい」

「はい。お世話になります」

バスに乗り込むと、柳瀬綾は真生とみさきと健太に自分を紹介した。〈招かれざるゴーストハンター〉を愛読している安曇真生でさえ、ポカンとした顔で柳瀬綾を見つめた。

それはそうだろう。彼女はまだ飛島のコラムに登場していないのだ。

「この綾さんはね、人の怪我や病気を治すことができるんだ。増山さんも、この前すごく痛い虫歯を治してもらったんだよ」

「すげー」と、健太が声を上げた。「僕が失敗して誰かを怪我させても、治してもらえるの？」

柳瀬綾が頷いた。

「私がそこにいたら、治します」

真生の隣に座っていたみさきが立ち上がった。

「ねえねえ、このヒトなおして」

遮断服の手袋に、茶色に白い斑点《はんてん》を散らせた小さなテントウムシが一匹載っていた。

「けがしちゃったの」

テントウムシはまったく動かなかった。みさきの手袋の上で、すでに死んでしまっているように見えた。みさきが手を伸ばした瞬間、虫は仰向《あおむ》けになって腹をみせた。六本の脚はピクリとも動いていない。

「この子？」と柳瀬綾はみさきの手袋の手を覗き込んだ。「お姉さんの手に載せてあげてもいい？」

飛島に肘《ひじ》を突《つ》かれ、増山は気がついてビデオカメラを構えた。

柳瀬綾は、テントウムシを掌に載せ、静かに眼を閉じた。

「…………」

驚いたことに、死んでいるとしか見えなかったテントウムシが、突然、脚を動かし始めたのだ。やがて自分の力で仰向けからひっくり返ると、テントウムシはいきなり背中の前翅《ぜんし》を開き、薄い後翅《こうし》を展開させた。そして柳瀬綾の手から飛び立ち、みさきの肩の辺《あた》りに着地したのだ。ほんの二、三分の出来事だった。

「よかったね。なおって」

みさきがヘルメットの向こうで柳瀬綾に笑いかけた。

「すっごー」健太が声を上げ、真生が手を叩いた。

座席に腰を下ろした柳瀬綾の隣に座りながら、飛鳥が訊いた。

「あのテントウムシ、死んでたの？」

柳瀬綾は首を傾げた。

「ごめんなさい。わからないです。虫を治療したのって、初めてだったので」

バスが走り始めても、車内の興奮はなかなか収まらなかった。

‡

「一時半近くなっちゃいましたけど、大丈夫ですか？」

運転席で、山口勝己が前を見たまま声を上げた。前方に、ファミリーレストランの大きな看板が見えている。

「大丈夫」と飛島が山口に答えた。「さっきのトイレ休憩で、瀧口《たきぐち》さんには電話しておいたから」

「了解です。パーキングに入れちゃっていいんですよね」

五人目の参加者は瀧口克徳《かつのり》だった。

克徳の父親は、このファミリーレストランで雇われ店長をしている。自分が生まれると同時に母を失った克徳は、父靖之《やすゆき》の手で育てられた。

克徳は極めて幼いころから〈声〉に悩まされていた。起きている間、そしてときには寝ているときでさえ、克徳の耳には〈声〉が聞こえていた。大勢の人々が鳥の大群のようにざわめいている。時折、その群衆の中から一人が克徳の傍へやって来て、凄《すさ》まじい大声で叫びはじめる。耳を塞ぐことには何の意味もない。

幻聴として、最初は統合失調症を疑われた。次に心的外傷後ストレス障害ではないかと言われ、さらには麻薬の常用まで疑われた。〈声〉は消えなかった。

そしてある時期から〈声〉が現実とリンクしていることがわかってきた。幻聴ではなく、それは超聴覚だったのだ。

克徳は、他人の心の声を聞いていた。激しい感情を伴った思いであればあるほど、聞こえてくる〈声〉は克徳の頭の中に大音響となって激突する。耐えがたい〈声〉に、克徳は頭を抱え、しゃがみ込んでしまう。

だから、克徳は部屋の外に出られなくなった。〈声〉は教室で授業を受けていても、道を歩いていてもお構いなしに聞こえてくる。「うるさい！　やめろぉ！」と叫んで、なんども克徳は「アブナイ奴《やつ》だ」と指を差された。

最近になって、ようやく叫ばずに〈声〉を耐えられるようになってきたが、それでも長時間の外出は無理だった。

相変わらず不登校が続いているようだが、中学校はなぜかこの四月から克徳を三年生に進級させるらしい。そのあたりのことは、増山にもよく理解できなかった。

駐車場にマイクロバスを停《と》め、飛島と一緒に下車すると、植え込みの蔭から瀧口克徳が雨の中を駆け寄ってきた。父親からのお下がりなのか、茶色の旅行カバンを重そうに提げ、増山たちの前に来ると耳のヘッドホンを外《はず》した。

「先に、乗せてもらっててもいいですか？　オヤジはレジにいます」

「声が、ひどいの？」

飛島が訊き、克徳は、はい、と何度も頷いた。

「わかった。増山さん、克徳君を頼む。根拠は何もないけど、綾さんに克徳君を見せてあげて」

「……ああ、はい」と増山は克徳の旅行カバンを取り上げ、バスの乗降口へ彼を連れて行った。「辛いんだろ？　ヘッドホンしたほうがよくないか？」

克徳は、いつもiPod《アイポッド》で大音量の音楽を聴いている。それで完全に〈声〉が聞こえなくなるわけではないけれど、いくらかは紛《まぎ》らわせられると言っていた。

辛そうな表情をした克徳を、バスの全員が笑顔で迎え入れた。いや……柳瀬綾だけは無表情だったが。

「綾さん」と、その彼女のところへ増山は克徳を連れて行った。「克徳君をどうにかしてあげられないだろうか」

「はい」

と、綾は頷いた。不安そうに自分を見つめる克徳の額《ひたい》に、そっと掌を当てる。眼を閉じ、ふーっと尖《とが》らせた口から息を吐き出した。

「………」

全員が、克徳と綾を見つめていた。

二人は同学年なのだ。しかし、綾のほうがずっと年上に見える。そもそも克徳は同年の少年たちと比べても、かなり幼かった。

額に手を置かれている克徳も眼を閉じていた。「あ」と克徳の口から声が洩れる。そして、彼は両耳からヘッドホンを外した。

「うん。聞こえるよ」

眼を閉じたまま、克徳が頷いた。綾も眼を閉じている。

「他の連中の声もあるけど、綾さんの声が一番……うん、そうだね」

増山は、息を詰めて克徳と綾を見つめていた。ビデオカメラのレンズは、ずっと二人に向けられている。

増山にも、他の誰にも聞こえては来ないが、綾と克徳の間で何かのやりとりが行なわれている。克徳の表情がいつになく穏やかになっていた。

「うん。すごく気持ちがいい。ありがとう」

ゆっくりと克徳の眼が開かれた。同時に綾も眼を開き、二人は黙ったまま見つめ合っていた。

綾の手が克徳の額から離れる。しかし、綾のもう片方の手は克徳の手を握りしめていた。

克徳は照れたように増山を見た。

「楽になった?」増山は笑顔で訊いた。「すごくいい顔になってるよ」

克徳が頷いた。その途端、彼の左眼から涙が一筋頰に流れた。

バスの外で声が聞こえて、増山は後ろを振り返った。

「いいえ、中まで運びます。飲み物はこぼれたら大変ですから。すみません、では、そちらをお願いします」

　声は克徳の父親だった。

　大きく平べったい箱を、瀧口靖之がバスに運び入れて来た。増山は気づいて瀧口から
その箱を受け取った。

「飲み物ですので、傾けないようにお願いします。ええと――」

　言いかけた瀧口の言葉が途切れた。彼の目が、息子の克徳に釘付けになっている。

「克徳……どうした？」

　その後ろから、飛島が大きな袋を両手に提げて乗り込んできた。

「どうしました？」

　訊ねる飛島を瀧口が振り返った。

「先生……なにがあったんですか？　こんなに優しい克徳の顔を見るのは初めてです」

「ああ。隣に座っているのは柳瀬綾さんです。彼女は他人の怪我や病気を癒やすことが
できるんですよ」

　瀧口が眼を見開いた。息子に向き直る。

「克徳、声が止《や》んだのか？　聞こえなくなったのか？」

　克徳が首を振った。

「聞こえるけど、痛くないし、うるさくない。綾さんの声が気持ちいいんだ」

「おお……」瀧口の眼からも涙がこぼれ落ちた。綾に頭を下げた。「ありがとうございます。ありがとうございます」

瀧口は飛島にも繰り返し礼を言い、頭を深く下げた。

店のある瀧口は、やはり合宿に付き添うことができなかった。ただ、綾の存在が、父親を感動させていた。

ファミリーレストランで仕入れた昼食が、全員に配られ、マイクロバスはそこから中央高速に乗った。

‡

《チョーズン6》の最後の一人は甲府に住んでいた。《八ヶ岳寮》まではまだ少し距離があるが、高速を甲府昭和で降りれば杉森遙香《すぎもりはるか》の家はすぐそこだった。

遙香は小学三年生――四月から四年生に上がる。やはり克徳と同様、ずっと不登校が続いているのだが、学年だけは自動的に数を増やすことになっているらしい。

学校だけでなく、遙香はほとんど周囲に人を寄せ付けなかった。母親とは話をするが、父親はその存在を完全に無視されている。

唯一、彼女が心を開いているのは鈴木和真《すずきかずま》だった。これまでに飛島は十回前後、増山も三回ほど遙香と会っているが、彼女はどちらとも話をしてくれない。せいぜい、飛島の問い掛けに頷くようになった程度だった。

だから、遙香と会うときは、いつも鈴木和真が一緒だった。無職の二十五歳。彼も長い不登校の経験を持っている。

遙香はいつも絵を描《か》いていた。自宅を訪ねたときも、和真と一緒に大学の研究室に来たときも、彼女は常にスケッチブックを拡げ、色鉛筆で絵を描き続けていた。和真が話しかけ、それに答えるときも、遙香の手は止まらない。具象とも抽象ともつかない絵だが、ときに震えるほどの迫力を放ち、ときに惹《ひ》き込まれるような美しい色彩に包まれる。

遙香の能力は、他のメンバーのような派手さを持っていない。しかし、ある意味で最も驚異的だった。彼女は、翌日に起こる惨事を予知できるのだ。その予知した映像を、遙香は絵に描く。見えたものをスケッチブックに写し取っているらしいのだが、見ただけではそれが何を表わしているのかが判然としない場合も多い。だが「あしたの絵」と言って和真に見せたすべての絵が、翌日の惨事を予言していた。

魚の大量死が川で起こることを知らせ、浮浪者が公園で殺害されることを予言した。さらに、女子中学生の自殺を食い止めたこともある。実際に自殺を防いだのは和真だった。彼は遙香に絵を見せられ、その予知絵を解読し、必死で自殺の現場に駆けつけたのだ。

「未来って、変えられるんですよ」

和真は飛島にそう言った。

しかし、居眠り運転のクルマが登校中の子供たちを薙《な》ぎ倒した大惨事を、和真も飛島も増山も防ぐことはできなかった。水死事故を描いた予知絵を必死で解読し、用水路を割り出して駆けつけたが、すでに事故は起こり三歳の幼児が溺《おぼ》れ死んでいた。

ただ、共通して言えることは、遙香の予知絵が示すものは、さほど離れた場所で起こるものではないということだった。居眠り事故の惨事は甲府から遠く離れていたが、それを予知したとき遙香は大学の研究室にいたのだ。事故が起こった場所は、大学から三キロ程度の通学路だった。

ゴチャゴチャと建て込んだ住宅地にマイクロバスを乗り入れ、目指す家の前に着いたときは三時が近かった。大学を出たときに比べると、雨脚がだいぶ強くなってきている。

増山は傘を広げてバスを降り、玄関のインタホンを押した。インタホンに応える間もなくドアが開いた。鈴木和真が顔を覗かせ、その後ろにはスケッチブックと色鉛筆のケースを胸に抱いた杉森遙香が立っていた。やはり増山とは目を合わせてくれない。

「用意は、いいですか?」

訊くと、和真が頷いた。

「遙香ちゃんのお母さんは仕事でいないんです。申し訳ありませんと謝ってました。くれぐれもよろしくと」

「はい、気にしなくても大丈夫ですよ。あいにくの天気だけど出発しましょうか。遙香ちゃん、心配しなくてもいいからね。みんな遙香ちゃんに会いたがってる人ばっかりだから」

やはり、遙香は俯《うつむ》いたままで目を上げてもくれなかった。

遙香と和真の二人分の荷物を詰め込んだ大きなバッグは増山が引き受け、和真は遙香に傘を差し掛けて家を出た。和真が鍵《かぎ》をかけるのを確認して、増山は一足先にバスへ乗り込んだ。

乗車すると遙香にはみんなから声がかかった。しかし、彼女は俯いたまま和真の横にぴったりと座り、シートの上ですぐにスケッチブックを拡げた。

「じゃあ、これで八ヶ岳寮に向かいます」

運転席で山口勝己が声を張り上げた。

もう一度中央高速に乗るのかと思っていたが、マイクロバスは一般道を北に向かって走り始めた。

‡

八ヶ岳寮を訪れるのは、増山も初めてだった。

その名の通り、八ヶ岳を北に背負い、周囲は完全な森林地帯で埋め尽くされている。

千三百メートルを超える標高は、まだ大地のところどころに雪を残し、樹木はほとんどがその葉を落としている。一帯は《学校寮地区》などとも呼ばれていて、様々な大学や専門学校、そして自治体などの厚生施設が集められていた。

「凄《すご》いなあ。ゲリラ豪雨じゃないすか、これ」

山口が八ヶ岳寮の敷地にマイクロバスを進入させながら言った。時刻は、まだ四時を過ぎたばかりだが、雨のために夕暮れのように暗い。この十分ほどで、雨はその勢いを増し、土砂降りの状態になっていた。

「三号ロッジだよ」

飛島が山口に声を上げる。山口は、水煙に霞《かす》む標識に辟易《へきえき》しながら、建物の玄関正面にマイクロバスをピタリと横付けした。この位置ならば、大きく突き出した庇《ひさし》に守られてほとんど濡れることなくロッジに入ることができる。

下車では、来たときとは逆に安曇真生が最後になる。濡れた地面の上を歩くのは、さらに注意が必要だった。下手に放電が起こると、あたりにいる全員が感電しかねない。

思っていたよりもロッジは立派で大きかった。食堂を兼ねたラウンジの他に、個室は八部屋ある。各部屋のベッド数は二台だが、利用者が多かったときのためにそれぞれの部屋に折り畳み式のエキストラベッドがさらに二台ずつ備えられていた。

下畑みさきには遮断服を脱いでもいいように最も密閉度の高い部屋が割り当てられ、

安曇真生には窓からアース線が準備されていた。彼のためには、みんなが集まるラウンジにもフットストラップを接続するコネクターが設置されている。

それぞれの部屋が決まり、荷物を下ろすと、全員がラウンジに集まった。あらためて自己紹介が行なわれたが、そうするまでもなく《チョーズン６》の面々は、ここへ来るまでの車中ですっかり仲良くなっていた。

杉森遙香だけは部屋の隅でスケッチブックを拡げ、口を閉ざしている。ただ、付き添いの鈴木和真の表情を見るかぎり、決して遙香がこの合宿を厭がっているとは思えなかった。彼女は彼女なりの参加の仕方をしているのだ。もちろん、それを咎《とが》めたりからかったりするものは、誰もいなかった。

しかし、和《なご》やかな空気に緊張をもたらしたのは、その遙香だったのだ。

夕食が終わって、そろそろそれぞれの部屋に引き揚げようかというころ――一番小さな下畑みさきは、すでに祖母と一緒に部屋へ下がっていた――安曇真生とチェスを打っていた飛島のところへ、鈴木和真がやって来た。

「あのう……ちょっといいでしょうか」

和真の手には遙香のスケッチブックが握られている。飛島は和真とスケッチブックを見比べるようにして頷いた。

「これなんですが……」

スケッチブックが開かれ、その一ページが飛島の前に示された。

「…………」

増山も飛島の肩越しにスケッチブックを覗き込む。真生の横でチェスを眺めていた姉の有美もテーブルを回り込むようにしてやって来た。飛島は、みんなに見えるように、その絵をテーブルに載せた。

暗い絵だった。黒い洞穴《ほらあな》のようなゴツゴツと岩が剝《む》き出しになった空間に、二人の人物が倒れている。一人は女性のようだが、もう一人の性別はわからなかった。二人の身体を押し潰《つぶ》すようにしてグニャグニャに曲がった四角い板が被《かぶ》さってきている。暗い絵の中央にサーチライトのような光が輝き、そこにオレンジ色の蝶がキラキラと光る羽を広げていた。

「これは……遙香ちゃんの？」

飛島が訊き、和真は頷いた。

「あしたの絵です」

「…………」

思わず、その場にいた全員が部屋の向こうへ目をやった。遙香は、床に腹這《はらば》いになり、スケッチブックの上で色鉛筆を動かしている。スケッチブックは一冊だけではなかったらしい。

「明日《あした》……」

飛島が呟《つぶや》くように言った。

増山は思わず息を吸い込んだ。

「明日、起こるってことですよね、これが」

「夜の絵？」

真生が誰に訊くともなく言った。

「いや」と飛島が首を傾げる。「岩肌というか、ガタガタした土の壁なのか、崖下《がけした》かあるいは洞穴のようにも見えるね」

有美が絵を覗き込んだ。

「だけど、蝶々が飛んでる。夜に飛んでるんだと、蛾？」

「鈴木君」と飛島が首を回した。「遙香ちゃんは、この絵のこと、なんて言ってたの？」

「あしたの絵だって……いつもと同じです」

「この女性たちは誰だろう？」

和真が首を振った。

「訊きましたけど、知らない、って答えしか返って来ません」

「そうか」

増山は窓の外へ目をやった。強い雨が、屋根を叩き続けている。先ほどのニュースでは、山梨と長野に大雨洪水警報が出されているということだった。山沿いでは地滑りや崖崩れに注意するようにとアナウンサーが乾いた声で呼びかけていた。

地滑りや、崖崩れ――。

遙香の絵に目を返した。

「明日《あした》、僕と山口君で近辺の山道を当たってみます。まあ、まるで手懸《てが》かりがないので、どこに当たればいいのか、思いつきませんが」

「みんなで捜したほうがいいんじゃないの？」

真生が声を上げた。ラウンジの向こうにいた面々がその声に顔を上げる。

「みんなで捜したほうが、見つかるんじゃない？」

まあ、と飛島が首を振った。

「明日、あらためて考えよう。この雨じゃ、今晩は何もできないし、第一、みんな今日は疲れているだろうからね」

真生の隣で、有美が顔を顰《しか》めた。

「私、明日帰ることにしてるんです。真生は二泊しますけど、私は仕事があるので」

「そうそう」と飛島が頷いた。「迎えの友達は、ここがわかりますか？」

「はい。ナビで検索して見つけたって言ってましたから……でも、だからみなさんと一緒に捜すことができないかもしれません」

「そんなこと、気にする必要ありませんよ」

有美は小さく頷いた。その姉に、真生がニッコリと微笑《ほほえ》んだ。

‡

翌朝、空はすっかり晴れていた。昨日の大雨がすべての汚れを洗い流してくれたのだろう。山も、樹木も、土も、すべてが輝いて見えた。

安曇有美の友人は九時を少し回ったころスミレ色のアルトに乗ってやって来た。

「髙梨佳苗《たかなしかなえ》です」

ちょうど全員で散歩から帰ったばかりだったから、みんなで有美を見送るような格好になった。

「また、おともだちふえたね」

下畑みさきが言い、みんなが笑った。

お先に失礼します。真生をよろしくお願いします——と言い置いて有美が友人のクルマで去ると、増山はラウンジに戻り、また遙香の絵を眺めた。目が覚めてから、この絵を見るのは何度目だろう。

「走ってみますか?」

声をかけられて振り返ると山口勝己が立っていた。

「走る？」

山口が遙香の絵を指差す。

「いや」と増山は髪を掻き上げた。「どこを走るってのさ。あてもなしに動いたって、どうにもならんぜ。とにかく、ずっと考えてるが、まるで取っ掛かりがない」

「そうかもしんないですけど、ただじっとしてるよりはいいかなって思って」

増山は溜息を吐《つ》き、首を振った。どうにもこうにも自分が歯痒《はがゆ》くて仕方なかった。

十一時を過ぎたころ、ラウンジに瀧口克徳が駆け込んできた。頭を抱えるようにして、小さく呻《うめ》き声を上げている。

「克徳君、どうした？」

編集部に打ちかけていた問い合わせのメールを中断して、増山は椅子《いす》から立ち上がった。

克徳に続いて松田健太、柳瀬綾もラウンジへやって来た。綾が克徳の丸めた背中に手を置く。綾の手も、今回は克徳の苦しみを和らげてはくれないようだった。

「克徳君。声が聞こえているの？」

訊くと、克徳は顔を歪《ゆが》めながら頷く。

「言ってる言葉が聞き取れる？」

「……たすけてって」

「え？」

「死んじゃう、たすけて、だれか……」

そう言いながら、克徳は頭を掻き毟《むし》った。呼吸が激しい。綾が懸命に克徳の背中を撫でている。

いつの間にか、安曇真生を除く全員がラウンジに集まってきていた。真生はロッジの裏口へ回り、みんなの逆方向からアースのコネクターへやって来た。

「これじゃないすか？」

突然、山口が声を上げた。彼は、テレビの画面を指差していた。リモコンを取り上げ、音量を上げる。画像も音もノイズが多いのは真生の静電気の影響だろう。アースを取っていても、彼の身体は周囲の電界を掻き乱し続けている。

――繰り返しお伝えします。本日、午前十時十五分ごろ、中央高速杣添《そまぞえ》トンネル上り線で、大規模な崩落事故がありました。

え？　と真生が声を上げた。

――事故当時の上り線にはかなりの車輛《しゃりょう》が通行していた模様で、生き埋めになっている方がおられる可能性もあるとして懸命の救助作業が続けられています。詳しい情報が入り次第お伝えします。

うそだ……と、真生がまた言った。

増山はテーブルの上の遙香の絵に目をやった。飛鳥がやって来て、その絵を取り上げた。

「いや、ですが」と、増山は首を振りながら言った。「遙香ちゃんの絵がトンネル事故のものだったとしても、僕たちには何もできませんし、レスキューが入ってるわけですから」

「崩落事故……」

飛鳥が遙香の絵をみんなのほうへ向けた。

「この遙香ちゃんの絵を、もう一度よく見てください。気づいたことがあったら、なんでもいいですから教えてください」

おともだち！　とみさきが声を上げた。

「ほら、おともだち！」

そのみさきをお祖母ちゃんが止める。

「みさき、綺麗《きれい》な蝶々だね。わかったから」

ううん、とみさきが首を振る。

「おともだちでしょ。おともだちのおようふくにとまってたこでしょ」

え？　と全員がみさきを見つめた。

「みさきちゃん」増山は腰を屈《かが》めながら訊いた。「おともだちのお洋服って、なに？」

「あのこね、おねえちゃんのおともだちのおようふくにとまってた」

あ、と今度は柳瀬綾が声を上げた。

「そうです。ブローチです。さっき、真生さんのお姉さんの友人の方が、クルマで迎えにいらっしゃってましたよね。高梨さんでしたか。あの方の胸に、オレンジ色のラインストーンをびっしり嵌《は》め込んだ蝶のブローチがありました。みさきちゃん、それを言ってるんですよ」

飛島が遙香の絵を見返した。増山も腰を伸ばして、横から絵を覗き込む。

オレンジ色の蝶。ブローチ。女性のアクセサリーに気を留めたことなどほとんどなかった。しかし、あの髙梨佳苗という女性が胸に留めていたブローチなのだとすると、それが意味することは……。

「嘘だ。そんなの嘘だ」

真生が放心したような声を上げた。

「行ったほうが、よくないすか？」

山口が言う。彼の手にはまだテレビのリモコンが握られていた。

「いや、ちょっと待て」飛島が手を上げた。「もし、この遙香ちゃんの絵が有美さんと髙梨さんを描いたものだとすると、場所は杣添トンネルではない可能性のほうが大きい」

「アスカ先生、なにを言われてるんですか?」

「増山君、いや山口君でも誰でもいい。杣添トンネルは、ここからどのぐらい離れてる?」

「どのぐらい――」

気がついて、増山はスマートフォンを取り出した。まだそれは静電気防止袋に入ったままだ。袋の上から操作しようとしたが、上手くいかず、増山はいったんロッジの外へ出た。アプリを呼び出し、結果を持ってラウンジに戻る。

「約八十キロです。ここから杣添トンネルまでは直線距離にして八十キロあります」

うん、と飛鳥が頷いた。

「遙香ちゃんのあしたの絵に描かれたものは、かなり近い場所で起こる事柄だ。これまでに一番遠かったところが三キロだった。克徳君の〈声〉にしてもそうだ。そんなに遠距離の〈声〉は克徳君には聞こえないし、どうやら距離が近いほど〈声〉の聞こえ方が大きくなるようでもある。有美さんと髙梨さんがいるところは、ここからそんなに離れていないんじゃないかな。克徳君、まだ、助けてって〈声〉は聞こえてる?」

「はい……聞こえてます」

「辛いだろうけど、その声は聞き続けてほしいんだ。できる? 大丈夫?」

「はい……だいじょうぶです」

「ＯＫ。増山君、もう一つ調べてほしい。この近辺で、トンネルの崩落、あるいは崖崩れなどが起こりそうなところを、リストアップしてくれ。山だから一箇所や二箇所じゃないかもしれない。効率よく回る必要があるから、地図も用意して」

わかりました、と増山は再びロッジを飛び出した。山口もそれを追って出てくる。しかし、決定的な情報を摑んだのは、今度は山口のほうだった。

‡

八ヶ岳寮から北へ向かい、赤岳の麓《ふもと》を迂回《うかい》するように巡っている山道がある。クルマを走らせると十分程度の距離だが、直線にしてみればそんなに離れていない。

そこに、地元では〈カマキリ洞門〉と呼ばれている小さな覆道《ふくどう》がある。雪崩《なだれ》や土砂崩れから守るために道に覆いを掛けたもので、役場からの情報に拠《よ》れば、この山道自体がほとんど使われていないために、崩落の危険を指摘されたまま修復工事も行なわれずに放置状態にあったものらしい。正式な名称は〈蟷螂《とうろう》覆道〉というのだそうだが、そう呼ぶ人間は誰もいない。

この日の十一時ごろ、山道の上のほうで山が崩れるような派手な音がするのを聞いた町民が、念のためにとクルマで見回りに出た。カマキリ洞門が完全に崩落しているのを見て、町民はそれを役場に知らせた。

役場では人の手が足りないこともあって、通報した町民に「ロープ一本渡して通行止めにしといてくれ」と頼み、手が空《す》いてから見に行こうと思ったらしい。「地図にだって載ってないし、ほとんど使う人のない道路ですからね。誰かが埋まってるなんて、考えもしなかったです」と、後になって増山の取材に役人は答えた。

マイクロバスが、その山道を通れるのかが問題だったが、山口勝己は最徐行で難関をクリアした。しかも、山道の途中に待避できるだけのスペースを見つけ、崩落したカマキリ洞門の前で全員を下ろすと、自分だけで待避所までバスを戻すことまでやっていたのだ。

覚悟してはいたものの、道路はかなりひどい状態だった。山道の右側がストンと崖になって落ちている。左側は屏風《びょうぶ》のような崖が途中から崩れ、その土砂が覆道を完全に埋めてしまっていた。覆道に使われている支柱や屋根は、どうやら木造であるらしい。

「克徳君」と飛鳥が呼んだ。「〈声〉は聞こえる？」

克徳は頭を押さえ、顔を顰めながら頷いた。その克徳を綾が支えてやっている。

「聞こえます。でも、なんだかさっきよりも力がありません。早く出してあげないと、ダメなんじゃないかって思います」

あたりの電界が波打つように動いて、真生が前に出てきたのを全員が知った。

「有美ちゃん！」

真生は力の限り叫ぶ——その圧力に周囲のすべてが薙《な》ぎ倒されそうになった。

「先生」と飛島を振り返る。「僕が崖を削って有美ちゃんたちを助けます。危ないから、みんな下がっていて下さい」

飛島が回り込むように真生の正面に立ち塞がった。押しとどめるように、両手を真生に伸ばす。

「真生君、待つんだ。気持ちはわかるけど、やめたほうがいい。昨日の雨で、土には水が染《し》み込んでいる。水は電気を通す。真生君の一撃で、お姉さんたちを焼け焦げにしてしまうかもしれない」

顔を歪めている真生に綾が歩み寄った。しかし、さすがの綾でさえ、真生の肩に手を置くことはできないようだった。

「下手に崩したら」と飛島が続ける。「土砂と一緒にお姉さんたちまで崖の下に落っこちてしまうかもしれない。辛いだろうけど、待つんだ。僕たちで、なんとかお姉さんたちを助け出すから」

ううう……と真生が泣き出した。泣きながら、彼は山道を駆け下りていった。

歯を食いしばるように見ていた健太が、一歩二歩と崩落した覆道に進んで来た。

「先生、僕がやります」

飛島が頷いた。

「気をつけてやってくれ。無理はするんじゃないぞ」

「はい」

健太は、巨大な土砂の前で仁王立ちになり、両手の拳《こぶし》を握り締めた。眼をギュッと閉じ、息を吸い込んで「えいっ！」と声を出す。

一抱えもあるような土の塊《かたまり》が、健太の前方で巨大な鉋《かんな》をかけたようにすっぱりと切り取られた。

健太は大きく息を吸い込み、また「えいっ！」と力を込める。何度も、何度も、健太はそれを繰り返した。

しかし、思っていたよりも作業は捗《はかど》らなかった。

健太が繰り出す剃刀は、確実に目の前の土を切り取っていく、しかし、硬い石が出てくると剃刀は動きを止めた。健太の呼吸が荒くなり、放つ声もかすれてきた。

「健太、ちょっと休もう」

飛島に言われ、健太は首を振った。

「大丈夫です。できます」

「いや、一つ考えが浮かんだんだ。うまくいくかわからないけど、試してみよう」

飛島は、克徳を振り返る。

「声は、ちゃんと聞こえてる？」

「どんどん弱くなってきてる。早くしないと」

「わかった」

飛島は頷いて、離れたところにいたみさきのほうへ歩いた。和恵がその脇に立っている。崩落した覆道に向かって両手を合わせ、眼を閉じていた。

「みさきちゃん。お願いがあるんだ。ヘルメット、ちょっと外すよ」

「いいよ」

ポケットからハンカチを取り出しながら、遮断服のヘルメット部分を取り去った。いきなり、どこからともなく羽虫が飛んでくる。

「みさきちゃん、このハンカチに唾《つば》をペッってして」

「うん」

「ペッペッペッていっぱい唾がほしいんだ」

みさきは言われるまま、ハンカチに唾を吐き出した。途端に、集まってくる虫が増える。

「お祖母ちゃん、ヘルメット戻してあげて下さい」

そう言い残し、飛島は崩落現場に駆け戻った。

近くに落ちていた木の枝にハンカチを被せ、崩れた土砂の中に力を込めて突き立てる。枝は四十センチほど土の中に埋まった。

その場にいる全員が、飛島の行動を見つめていた。飛島は枝を引き抜いた後の穴を足で踏みつけて塞いだ。

「………」

飛島は腕組みをして、ハンカチを埋めたあたりの土を睨《にら》みつけた。いたるところに虫がワンワンと飛び交っている。

「あ……」

数分後、増山は思わず声を上げた。

ハンカチを埋めたあたりの土が、むくむくと動き始めたのだ。

「わあ」と、健太が声を上げた。「なんだこれ、嘘だろぉ」

ポロポロと土が崩れ始める。そこから現われたのは夥《おびただ》しい数の芋虫だった。見たこともない光景だった。様々な色や形の芋虫が、そして黒く光る甲虫《こうちゅう》が、土の中から湧《わ》きだしていた。彼らが蠢《うごめ》くにつれ、覆道を埋めている土砂が崩れていく。

「危ない！　避《よ》けて！」

いきなり後ろで真生が叫んだ。増山たちの頭上で、大きな岩がゆっくりと傾き、そして崖から剝《は》がれ落ちた。

その一瞬――あたりが、凄まじい光に包まれた。同時に轟音《ごうおん》が地面を揺るがす。とっさに頭を抱え込んだ腕と背中に、パラパラと砂粒のような石が降ってきた。

「…………」

全員が言葉を失っていた。

見ると、山道を十メートルほど下ったあたりで大きく肩で呼吸しながら真生が立っていた。

「あのでっかい岩、真生君が粉々にしたの？」

半分泣き顔になりながら、真生が頷いた。

「そうみたい」

すごすぎる……と、健太が呟いた。

気がついて覆道に目を返した。直径二メートル、深さ四メートルほどの穴が開いている。その穴の奥に、スミレ色のバンパーが覗いていた。

「ショベルカー来ましたよ！」

後ろから山口が大声で叫んだ。振り返ると、山道の向こうから、ガタガタと騒々しい音を立てながら黄色いショベルカーが上ってきた。作業服の男が二人乗っている。増山の横で、克徳が「早く、早く」と呟いた。

「おい、いまカミナリ落ちたろ。大丈夫だったか？　怪我ないか、誰も」

作業員の一人がショベルカーから飛び降り、山道を走って登ってきた。

「ダメだよ。二次災害ってのがあるんだから、勝手に素人《しろうと》がこんなことしちゃ。なんだこれ、やったら虫が多いな。え？　この穴、どうやって開けた？」

文句を並べながら、作業員たちはそれでも手際よく軽自動車を掘り出した。一つには、虫たちが土を崩し、柔らかくしてくれていたからでもある。

アルトのドアが開かなかったために、大きなカッターでドアを切り離さなくてはならなかった。

救急車が到着し、クルマから運び出された安曇有美と高梨佳苗は、地面に並べた担架に移し替えられた。

「あ、ちょっと待って下さい」

柳瀬綾が、言いながら二人の担架に駆け寄った。「ダメダメ。あとあと」という救急隊員を飛島が押しとどめた。

「少しだけ、時間を下さい。お願いします」

「なに言ってんだ。二人とも瀕死《ひんし》の状態だよ。助けたくて掘り出してたんじゃないの？」

「いや、ほんの数分だけ待ってやって下さい。大事なことなんです」

飛島が引き留めている間に、綾は担架に寝かされている有美に抱きついた。有美の身体が、その途端、ギクリとしたように動いた。続いて綾は佳苗を抱きしめる。同じように、佳苗も大きく息を吹き返した。佳苗の胸には蝶の形をしたオレンジ色のブローチが留められていた。

救急隊員は呆然《ぼうぜん》として担架の上の怪我人たちを眺めていた。二人は、激しく咳《せ》き込みながらも、担架の上でゆっくりと起き上がったのだ。

「有美ちゃん！」

後ろで真生が大声を上げた。

‡

有美と佳苗の二人は、救急病院に運ばれ、検査を受けた。その結果、二人にはどこにも異状がなく、きわめて健康体であることが確認された。

医者の誰もが首を傾げた。

彼女たちが着ていた服は泥だらけで、大量の血液を吸って変色していた。にも拘わらず、二人はかすり傷一つ負っておらず、出血の痕などどこにも認められなかったのだ。

現場の救急隊員からは、運び出したとき二人にはどちらも数箇所の骨折が認められたという報告がなされていた。それどころか、安曇有美は、心肺停止状態だったと隊員は主張していたのだ。それらの報告は、隊員の勘違いだという結論になった。

‡

二泊三日の合宿を終えると《チョーズン6》の面々は、再び元の生活に戻った。

「また、がっしゅくやろーね」

下畑みさきは、バスを降りるときニコニコ笑いながら言った。

驚いたのは、杉森遙香が口を開いたことだった。

「おともだちにもたくさんあえたから、おもしろかった」

遙香は、飛島と増山と、そして山口にもぺこりと頭を下げた。やはり目を合わせてはもらえなかったが、初めて聞いた遙香の言葉は、増山の胸を詰まらせた。

瀧口克徳は、バスを降りるときに柳瀬綾に抱きついた。抱きついた自分に照れて、笑い出した。その笑っている息子を見て、父親は飛島に深く頭を下げた。

松田健太はゴシゴシと頭を掻きながら、飛島に「先生」と語りかけた。

「僕さ、先生みたいなことしたいんだ」

「僕みたいなこと？」

「みんな、先生が大好きなんだ。ほんとに。だから、みんなに好かれるようなこと、僕もしたい」

「おお。いいじゃないか。ありがとう」

「勉強しないと、いけないんだよね、たぶん。遅れてるからな、勉強」

飛島から肩をポンと叩かれ、健太は照れながらまた頭を掻いた。

安曇真生は、何度も何度も、飛島や増山に礼を言った。

「一生で一番おっかない合宿でした。一生で一番気が変になりそうな合宿でした。でも、一生で一番楽しかったし、一番幸せになれたし、一番安心しました。有美ちゃんが死なくてよかった。ありがとうございました」

「礼を言うのは僕たちのほうだよ。真生君が崖崩れの岩を木っ端微塵《こっぱみじん》にしてくれなかったら、僕たちこそ死んでたんだからね。どうもありがとう」

「また大学の研究室、行ってもいいですか？　なんか、すごい安心できるから」

「来てもらわなきゃ困るよ。まだ少しかかるかもしれないが、今のフットストラップよりも効率良く真生君の帯電を除去して、さらにその電気を再利用できる形に蓄積するシステムを開発する目処《めど》がつきそうなんだ。その開発には、君の協力が不可欠なんだからさ」

真生の顔に笑顔が拡がった。その笑顔を横にいた増山にも向けてきた。意味もなく、増山は真生に頷いてみせた。

そして柳瀬綾は、ゆっくりとお辞儀をしたあと、ふっと、息を吐き出した。

「《チョーズン6》に入れていただいたことが、これからの私の誇りになると思います。

みんな素敵な人たちばっかりでしたし、私にも居場所があるんだってことを教えていただきました」

「僕たちも、たくさん勉強させてもらいましたよ」

「お願いがあるんです」

「うん。なんだろう」

「《チョーズン9《ナイン》》にしてもらえませんか。飛島先生と、増山さんと、山口さんも、やっぱり選ばれた人じゃないかって思うんです」

「それは、とっても光栄な言葉ですね」

言うと、綾は、口許を綻《ほころ》ばせた。

増山は、それが彼女が初めて見せてくれた微笑だったと気がついた。

解　説

大矢博子

本書『the SIX』について語る前に、井上夢人の別作品『オルファクトグラム』（講談社文庫）の話から入りたい。

二〇〇〇年に刊行された『オルファクトグラム』は、〈匂いが見える〉という能力を持つ青年がその力を活《い》かして殺人犯を追うミステリだ。様々な匂いがそれぞれ異なる色や形をした結晶のように見えるという描写のディテールに唸《うな》り、それを手掛かりに犯人を追うという斬新な展開にワクワクした。実にエキサイティングで、スリリングで、そしてハートウォーミング。超能力を扱うことが多い井上作品の中でもファンの支持が高い一編である。

だが実は、この物語で私の中に最も強い印象を残したのは、主人公のミノルが随所で抱く孤独感だった。

周囲の人はミノルの能力に理解があり、気味悪がったり差別したりする人はいない。むしろ「すごいね」と称賛する。「便利だね」と感心する。それでも彼はときどき、周囲との断絶を感じるのだ。

なぜなら、自分が見ている世界を誰とも共有できないから。

いくら説明しても同じものを見てもらうことは不可能で、それでも、いや、だからこそ、自分の〈嗅いだ〉ものを伝えたい、わかってほしいという思いが募る。どんなにすごい力でも、どんなに人の役に立とうとも、どこまで行っても自分ひとりだけの世界に彼はいる。僕はひとりぼっちだ、とミノルは感じている。

『オルファクトグラム』はあくまで超能力による犯人追跡ミステリであり、超能力者の孤独がメインテーマではない。彼の感じる孤独感は、ミステリの本筋が持つ疾走感や興奮を妨げるほどには深掘りされない。だからついつい見過ごしてしまうのだけれど、ラストシーンに注目。さすがに具体的にここに書くわけにはいかないが、とある人物が、ミノルと同じ能力を持つ人が他にいるといい、という意味のことを言う。

「そうすれば、ミノル、ひとりぼっちじゃなくなるもんね」

ふたりの会話（これが実にいい！）で物語は終わるのだが、これをラストに持ってきたということは、著者が描きたかったのはやはり彼の孤独と、たとえ同じ体験はできずとも理解してくれる人の存在の大切さなのではないか、と思ったのである。

そして『オルファクトグラム』から十五年。『the SIX』が出た。本書を読んで、私は『オルファクトグラム』に感じた主人公の孤独感をまざまざと思い出した。あの作品に潜んでいたテーマが、こういう形で結実したのかと膝を打った。

『the SIX』は、まさに〈ひとりぽっちの超能力者〉たちの話だったから。


本書は六つの短編からなる連作で、毎回特異な能力を持つ子どもが登場する。

明日起こることが予知でき、それを絵に描く八歳の少女。

他人の心の声が頭の中に飛び込んで来る中学生の少年。

空気でナイフを作り、一瞬にして物を切ることのできる小学五年生の少年。

虫を強く引きつける体質の四歳の女児。

体から放電し、電撃を発射できる男子高校生。

人の怪我《けが》や病気を治せる、中学生のヒーリング少女。

第六話以外は独立した物語なので、どこから読んでいただいてもかまわない。そして第六話でこの六人が一堂に会することになる。

こう書くと、なんだかアベンジャーズあるいはX-MEN的な、異なる能力を持った超人たちがチームを組んで悪を倒すぜイエーイ、みたいな話に見えるかもしれない。それを期待した方には申し訳ないが、まったく違う。最終話だけはそういう雰囲気がなきにしもあらずだけれど、目指すところはむしろ逆であるということをお断りしておこう。

ここに出て来る子どもたちは、社会的弱者として描かれているのだ。

たとえば、明日のことが予知できる八歳の遙香《はるか》は、自分に見えるその景色が何なのかわからず怯《おび》えている。怖くて怖くて、学校にも行けなくなった。絵に描くことで恐怖を少しだけ外に出すことができる。そんな少女を、大人たちは「登校拒否」「イジメでもあったのかな」の一言で括《くく》る。

他人の心の声が頭の中に飛び込んでくる中学生の克徳《かつのり》は、その声に耐えきれず突然「うるさい！　やめろ！」と叫ぶ。耳に異状はなく、精神科や心療内科をたらいまわし。学校へも行けず、外出もしなくなった。

空気のナイフで、はからずも人を傷つけた健太はそのことに恐怖し、養護施設を出てホームレスのような暮らしをしている。虫が集まって来るみさきにとって虫は友だちなのに、そのせいで頻繁な転居を余儀なくされている。放電体質の真生《まお》は常にアースのための装備が必要で、電気製品は壊れてしまうため家に置けない。ヒーリング体質の柳瀬は、逆に崇《あが》め奉られる。それもまた孤独だ。

ポイントは、彼らが皆、幼児から高校生までの子どもという点にある。『オルファクトグラム』のミノルが特殊な嗅覚を得たのは二十代で、その能力がどういうものか自分で観察・分析できたし、人に知られることのリスクもわかっていた。相手と状況を見て話す知恵もあったし、この能力をどう使えば何ができるかという考察もできた。たまたまとはいえ、周囲には理解者が多かった。

けれど本書の子どもたちは、自分に何が起きているのかわからないし、それを説明する力も持たない。自分だけが他の人と違うという事実の前にただ怯え、閉じこもっている。虫を呼ぶみさきにいたっては、幼さゆえにそれが他の人と違うということにも気づいていない。周囲は彼らをわかろうとせず、自分の常識内で彼らを「変わってる」と排除する。皆、本人にとってはそれが当たり前のことなのに、誰とも共有できず、誰にもわかってもらえないという孤独の中に生き、迫害を受けているのである。

井上夢人はそんな彼らを描くにあたり、別の視点の人物を設定した。予知絵を描く遥香には、引きこもり経験のある遠縁の青年を。他人の声が頭の中に入って来る克徳には児童相談所の職員を。虫を呼ぶみさきにはいじめられっ子の小学五年生の男子を。空気でナイフを作る健太と放電体質の真生には、超能力者についての雑誌連載を持つ非常勤講師の飛島を。そんな〈近しい立場の他者〉の目を通して彼らを描くことで、超能力者側にのみ寄り添ったものでも彼らを闇雲に排除するものでもない、フェアな目で彼らの現状を捉えられるよう工夫されているのだ。

各話には、彼らを理解しようとしない者、否定し排除しようとしたり、見世物のように扱ったりする者たちの存在も並べて描かれている。そんな中で、青年は遥香の絵の意味に気づき、そこに描かれた悲劇を阻止するため奔走する。児童相談所の職員は克徳の言葉を信じ、その声が何なのか突き止めようとする。いじめられっ子はみさきの祖母にみさきを保護してくれそうな機関を紹介する。大学講師は健太に能力をコントロールする術《すべ》を教え、真生の放電を「素晴らしい！」と褒める。

理解者、である。自ら望んでそう生まれついたわけでもない、本人にとってはむしろ邪魔な能力に悩まされてきた超能力者たち。彼らにとって、まったく同じ世界を見ている仲間は存在しないものの、それでも「理解しよう」と思ってくれて、社会との共存の方法を見つけてくれる存在が、どれだけ大切か。そしてそれは言い換えれば、その能力を正しく理解し、正しく引き出し、正しくコントロールできれば、そう導いてくれる人がいれば、そんな仕組みが確立されれば、皆、社会の中で幸せに暮らしていけるという証明でもあるのだ。

それが第六話だ。第五話までを読んだとき、「この先が読みたい」と思った読者は少なくないと思う。どの話も、子どもたちの能力が正しく理解され、彼らの将来に光が差したところで終わっているからだ。彼らが活躍するのはここからでしょ、という気持ちになるのは仕方ない。

実際、第六話では彼らはその能力を使って、大仕事を成し遂げる。それはえも言われぬカタルシスを読者に与えるだろう。しかし第六話の核は、「彼らの能力はすごいんだぞ」ということではない。能力が役に立つことが素晴らしいのではなく、彼らが自分の能力を受け入れ、使い道を知れたことが素晴らしいのだ。他人にはない能力をはからずも持ってしまい孤独に悩まされていた少年少女たちが、同じような仲間と出会ったことによって孤独から抜け出し、能力と折り合いをつける方法を知って自信を持ち、〈救われた〉ことこそが、第六話のテーマなのだ。

理解してくれる人がいて、同じ悩みを抱く仲間がいる。受け入れる姿勢と仕組みが社会にある。自分はひとりぼっちじゃないんだ、と知る。それこそが本書の最も重要なメッセージなのである。

超能力を扱った別の井上作品に『風が吹いたら桶屋《おけや》がもうかる』（集英社文庫）がある。コメディタッチの連作ミステリだが、この作品に出て来る超能力者のヨーノスケは、念力で割り箸を割るのに三十分かかるし、お湯を沸かすのに数時間かかる。普通に手で割り、ガスで沸かす方が何倍も便利だ。何の役にも立たない。それでもヨーノスケは〈趣味〉として自分の超能力を楽しんでいる。

ヨーノスケの友人である物語の語り手が、こんなことを考える。

「特殊な能力を持っている人間は、どこにでもいる。暗算の得意な人間。故障したステレオを簡単に修理してしまう人間。足の速い人間。誰とでもすぐに仲良くなってしまう人間——同じことだ。その能力が、説明できるものか、そうでないかの違いしかない」

そういうことなのだ。ここまで便宜上「超能力」と書いてきたが、それは〈説明できない能力〉でしかない。彼らが孤独なのは彼らのせいではなく、自分とは違う人を排除してそれで良しとする側のせいなのだ。誰だって、ちょっとくらい人と違うところはあるのに、勝手に普通と異常の線引きをする側のせいなのだ。その線が引かれる場所が少しずれれば、自分だって排除される側になるかもしれないのに。

井上夢人は多くの超能力小説を通して、それを書き続けてきた。そして『the SIX』はそのテーマに真正面から向き合った、井上超能力小説の集大成なのである。

（おおや・ひろこ　書評家）

本書は、二〇一五年三月、集英社より刊行されました。

初出　小説すばる
「あした絵」　二〇〇七年四月号
「鬼の声」　二〇一二年五月号（「鬼の音」改題）
「空気剃刀」　二〇一二年八月号
「虫あそび」　二〇一三年一月号
「魔王の手」　二〇一三年五月号
「聖なる子」　二〇一三年七月号

本文デザイン　大久保伸子

井上夢人の本

あくむ

ここは病院らしい。両眼を包帯でまかれた私に、誰かがそっと近づいてくる……（「ブラックライト」）。夢か、現実か。すべてがあいまいなまま恐怖につつまれていく5つのホラー。

井上夢人の本

the TEAM ザ・チーム

人気〈霊導師〉の能城あや子。実は、スタッフが収集する情報で、霊視しているかのように装っているのだ。彼女の正体を暴こうと、週刊誌の記者が調査に乗り出すが……。痛快連作集！

集英社文庫

the SIX　ザ・シックス

2018年2月25日　第1刷　　定価はカバーに表示してあります。

著　者　井上夢人《いのうえゆめひと》

発行者　村田登志江

発行所　株式会社 集英社

東京都千代田区一ツ橋2-5-10　〒101-8050

電話　【編集部】03-3230-6095

【読者係】03-3230-6080

【販売部】03-3230-6393(書店専用)

印　刷　凸版印刷株式会社

製　本　凸版印刷株式会社

フォーマットデザイン　アリヤマデザインストア　　マークデザイン　居山浩二

ISBN978-4-08-745701-8 C0193